六蠱の軀

死相学探偵 3

三津田信三

角川ホラー文庫
16202

一　弦矢俊一郎探偵事務所

「メ、メタルだってぇ⁉」

俊一郎《しゅんいちろう》が大声を上げると、鯖虎猫《さばとらねこ》の僕が「そうだよ」とばかりに、にゃんと鳴いた。

彼らがいるのは、神保町《じんぼうちょう》の土産《うぶすな》ビルに入っている〈弦矢《つるや》俊一郎探偵事務所〉の応接室である。俊一郎は事務机の椅子に座り、僕は長ソファの肘《ひじ》かけに寝そべっている。

何の事件も抱えていない、予約の依頼人を待っているわけでもない、平和な九月初旬の昼下がり。だからこそ俊一郎は、そんな呑気《のんき》な会話を僕としていたわけだ。

事の起こりは、こうだった。

「ぶくぶく猫、最近は姿を見ないな」

僕の友だちで、とても太った三毛猫のことを、俊一郎が話題にした。別に気にかけていたわけではない。むしろ姿を現さないほうがうれしい。そもそも最初の出会いから最悪だった。

この夏、城北大学の学生寮〈月光荘〉で起こった百怪倶楽《ひゃっかいくら》部《ぶ》のメンバー連続怪死事件を解決して、俊一郎が三日ぶりに事務所に帰ってみると、見知らぬデブ猫がソファの上に、でんっと我が物顔で座っていた。

「な、な、なんだお前？」

留守中に迷い込んだ野良猫かと思ったが、ここまで太る野良などいないだろう。よくよく観察すると、毛か肉か分からない首筋に、ほとんど埋もれた状態の首輪が見える。どうやら飼い猫らしい。

僕を呼んで問いただすと、友だちになった近所の猫で、俊一郎がいない間に招き入れたのだという。

冗談ではないと思ったが、自分が戻って来たのだから、すぐに出て行くだろう。もう二度と事務所には入れないように、あとで僕にきつく言い聞かせよう。そう考えたのだが、ぶくぶく猫は動こうとしない。ソファの上がお気に入りの場所であるかのように、ずうっと座ったままである。

それから約一時間、俊一郎は悪戦苦闘の末に、なんとかデブ猫を追い出した。

「おい僕、いくら友だちでも、俺の留守中には入れるな」

あとは僕に、こんこんと言い聞かせた。普段は「僕にゃん」と呼ばなければ、満足に反応しない僕も、このときばかりは神妙だった。両の前足をそろえて座り、少し頭を下げた反省のポーズで、ぴんっと耳だけを立てて拝聴の姿勢を見せた。

ところが、俊一郎が外出から戻ると、三回に一回はぶくぶく猫がいる。僕によると、彼が出かけるのを待っていたように、向こうから遊びに来るというのだ。

不思議なのは侵入口だった。僕の出入りのために、いつもキッチンの窓は細目に開けてある。しかし、あのデブ猫が通れるとは思えない。いくら猫は見た目と違って、かなり幅のせまい空間を通り抜けられると言っても、ぶくぶく猫のデブは本物である。

「まったく化猫かよ」

僕も似たようなものかもしれないが、少なくとも可愛くて賢い。今年の春、俊一郎が奈良の祖父母の家を出て、ここに探偵事務所を開いたとき、僕も彼のあとを追って上京して来た。本人もとい本猫には言っていないが、その健気《けなげ》さには、さすがに俊一郎もじーんとくるものがあった。

しかし、ぶくぶく猫は違う。厚かましくて無愛想で、俊一郎を無視するか馬鹿にした態度をとり、時には僕の餌を当たり前のように食べている。それでも僕の友だちだと思うから、なんとか我慢をしていた。

それが、ここ数日ほど姿を現さない。近くのコンビニに行って戻って来ても、あの巨体がソファに座っていることがない。そこで僕に、何気なく尋ねた。

にゃー、にゃー、にゃーと、ひとしきり僕は抗議の声を上げた。友だちを「ぶくぶく猫」と呼ぶなと怒っている。俊一郎がデブ猫をそう命名したときから、ずっと僕は同じ主張を続けていた。

「僕にゃんは鯖虎模様の綺麗《きれい》な、とても格好いい猫だけど、あれは誰が見ても、ぶくぶく猫だよ」

そう返すと、みゃう……と照れたように、まず僕は鳴いてうつむき、それから顔を上げ猛然と抗議の声を上げはじめた。

「分かった。悪かったよ」

気のない返答をする俊一郎を、しばらく僕は見つめていたが、ふっと応接室から出て行ってしまった。

やれやれ、怒ったのか。

少しは心配したが、そのうち機嫌を直すだろうと思っていると、意外にも僕はすぐに戻って来た。しかもチラシのようなものを、口にくわえている。

「何だ、それ?」

俊一郎が受け取って広げると、紙面の半分くらいを占める大きなカラー写真が載っており、ぶくぶく猫の可愛くない姿が写っていた。その下には大きな文字で、「メタルちゃん帰って来て!」と書かれている。よく町中で見かける「行方不明のペットを捜しています」という飼い主お手製のポスターだ。

「あの猫、家出でもしたのか」

近所からいなくなったと知り、俊一郎は秘《ひそ》かに喜んだ。が、写真の下の文字を二度見したとき、思わず叫んでいた。

「メ、メタルだってぇ⁉」

どう考えても「メタルちゃん帰って来て！」という文面は、写真の猫がメタルであることを意味している。つまり、ぶくぶく猫の名前なのだ。

「おいおい、ありゃメタルじゃなくてメタボだろ」

そう言って僕を見たが、ぷいっとそっぽを向かれた。

「しかも、メタルちゃん……って」

いったい飼い主は、どんな人物なのか。

「それに『帰って来て！』って、いなくなった猫に呼びかけてどうする？　普通はポスターを見る人に、『捜しています。見つけたら連絡を下さい』と訴えるだろ」

すると僕が、少し首を傾げた。彼なりにおかしいと思っているのか。

「ペットは飼い主に似るって言うけど、あの猫を必死に捜すくらいだから、さぞかし変な人なんだろうな」

心から見つからないことを願いつつ、ポスターをゴミ箱に捨てようとして、俊一郎の動きが止まった。「メタルちゃん帰って来て！」の下に書かれた連絡先の中に、発見者への謝礼金が記されていたからだ。

「ひゃ、百万円！」

確かに、はっきりと書かれている。

「太った可愛げのない根性が最悪の三毛猫に、百万円だって……」

驚き呆《あき》れながらも、とっさに俊一郎は考えた。僕なら、ぶくぶく猫じゃなくてメタルのいる場所が分かるのではないか。たやすく発見できるかもしれない。それだけで百万円が手に入るのだ。

祖母《ばあ》ちゃんへの支払いができる！

俊一郎の祖母の弦矢愛《あい》は、奈良の杏羅《あんら》町に住む拝み屋だった。その依頼人は、「夢の中にお化けが出てくるの」と泣く町内の四歳の子供から、「愛染《あいぜん》様、政敵が私に呪いをかけております」と訴える時の某大臣まで、非常に幅広い年齢と職業にまでおよんでいる。地域も北海道から沖縄まで、祖母の評判を聞いて助けを求めに来る人が、常に弦矢家では順番を待つ状態だった。

もっとも祖母は、己の私利私欲のために相談に来る人間が大嫌いで、そういう相手は有力な政治家であろうが大企業の社長であろうが、容赦なく門前払いを喰《く》らわす。予約が入っていても関係ない。その場で本人を見て、たちどころに判断するのだ。

祖母は自らの拝み屋のスタイルを、ほとんど独学で築き上げたらしい。よって特定の宗教を信心しているわけではなく、本人によると「ええとこ取りの混合方式」だという。にもかかわらず一度でも祖母に相談した人は、誰もが彼女の信者になってしまう。人によっては祖母を「巫女《みこ》様」「生き神様」と呼び、また「祈禱《きとう》師」「予言者」「霊能力者」と見なす者もいる。それほど祖母の活動が多岐にわたっているからだろう。

当人は昔から、「わたしゃ、ただの拝み屋だよ」と言っている。謙遜《けんそん》しているわけではない。拝み屋という表現でしか、自分が果している役目をうまく説明できないのだ。

それがいつのころからか、「愛染様」という尊称で呼ばれ出した。密教の愛染明王が由来とも、川口松太郎の『愛染かつら』が元だとも、信者たちの間でも諸説があって、本当のところは分からない。

ちなみに祖母にとっては「信者」ではなく、あくまでも彼女の「ファン」という認識がある。一世を風靡《ふうび》したアイドル歌手や有名な女優などと、厚かましくも自分を同一視する傾向がある祖母の、妄想のようなものだ。こういった俗な面も見せるところが、実は愛染様の人気につながっているのかもしれない。

この祖母の依頼人＝信者を、作家である祖父の弦矢俊作《しゅんさく》は顧客リストとして、かなり以前から整理と管理をしていた。近い将来、とても重要な一大情報網になると考えたからだ。そんなことを祖父が構想したのは、孫の俊一郎に極めて特殊な能力があると、祖母と共に気づいたせいだ。

それは、他人に表れた死相を視《み》ることができる、という信じられない力だった。祖父は、この能力を「死視《しし》」と名づけた。非常にマニアックな好事家《こうずか》向けの怪奇小説を執筆している、一部に熱狂的な愛読者を持つ作家の、いかにも祖父らしい命名である。

ただし、この死視のために俊一郎は、普通の子供が絶対に味わわないような苦労を、幼いうちから経験するはめになる。

まだ祖父母の家に引き取られる前、両親と暮らしていたころ、この力に対して俊一郎はあまりにも無邪気だった。無防備だった。だから死相の視えた相手には、その事実をためらいなく教えた。もちろん助けようと思ってだ。しかし、聞かされた本人や近親者は、たちの悪い冗談と見なした。なおも彼が主張すると、とても気味悪がられた。なかには怒り出す人もいた。

ところが、数日後か数週間後に、本当にその人が死んでしまう。とたんに誰もが、死の原因を俊一郎に求めた。彼が死相を視たなどと言ったために死亡したのだと、ほとんどの人が考えた。そういう出来事が重なるうちに、彼は「死神」「悪魔っ子」「化物」などと呼ばれるようになる。

やがて、仲の良かった友だち、その優しいお母さん、大好きな幼稚園の先生、近所の親切なお姉さんや小母《おば》さん……といった人たちが、俊一郎を忌み、厭《いと》い、恐れるようになっていく。子供たちが彼をいじめ出しても、大人たちは当然のように黙認した。

それから何かが起こった……。

幸いにもと言うべきなのか、俊一郎の記憶は飛んでいる。気がつくと彼は祖父母の家にいて、そこで暮らしていた。まだ子猫だった僕といっしょに。

もっとも最初から、普通の生活が送れたわけではない。まず俊一郎は言葉を失っていた。喋《しゃべ》ることができなかった。誰に何を言われても、「僕……」としか口にしない。他人と話して意思の疎通をはかることを、まるで忘れてしまったかのように。

これに反応したのが、当時「俊太《しゅんた》」と名づけられた子猫だった。俊一郎が「僕……」と言うたびに、俊太がとことこっと近寄って来て、にゃーと鳴く。そのうち祖父母が「俊太」と呼んでも無反応になり、いつしか名前が「僕」に変わった。ただ、俊一郎の「僕……」と区別がつかなくややこしいため、「僕にゃん」になった。俊一郎が「僕……」の次に口にした言葉が、この「僕にゃん」という子猫に対する呼びかけである。

両親について、祖父母は何も言わなかった。また、なぜか彼も尋ねた覚えがない。お互いに触れないという暗黙の了解が、奇妙にも自然にできていた。

祖父母にとって俊一郎は、父親も母親もいない不憫《ふびん》な孫——では決してなかった。あくまでも共同生活をする、ひとりの人間としてあつかわれた。二人の仕事の手伝いから家事まで、色々と彼はこなすことになる。

しばしば祖母は、拝み屋の現場にも俊一郎を参加させた。そうして死視の力と向き合わせ、それを本人が自分でコントロールできるように、少しずつ訓練させたのだ。とはいえちゃっかり屋の祖母らしく、同時に彼の死視の力を、自分の仕事に利用することも忘れなかった。

こうして俊一郎は、祖父母の下《もと》で育てられた。かなり特異な環境の中で、その躾《しつけ》もずいぶんと変わっていたと思う。しかし、彼が持つ特殊な能力、それが引き起こした騒動、彼が受けた心的害傷《トラウマ》、そして記憶から飛んでいる何か恐ろしい出来事……という背景を考えると、そんな孫を引き取って育てた祖父母は、さぞかし大変だったに違いない。

祖父母なりの愛情をいっぱいに注がれながら、俊一郎は成長した。ただ、幼いころに受けた精神的な傷は、なかなか消えなかった。それは人間不信という形で、いつまでも彼の心の奥底に残り続けてしまった。

そのため弦矢俊一郎とは、ぶっきらぼうで近寄りがたい、いつも自分の世界に閉じこもっている、何が起こっても動じない、とても冷たいけれど触れると火傷《やけど》しそうな……といった人物像が、いつの間にかできていた。

俊一郎は高校を卒業すると、祖父母の仕事を手伝いはじめた。二人は大学進学をすすめたが、彼にその気がないと分かると好きにさせてくれた。

学校でする勉強は、もういいと彼は思った。学びたければ、自分で本を読めば良い。祖父の姿から自然に教わった。視野を広げる人生経験は、祖母の拝み屋の現場に立つことで、嫌と言うほど学べる。

除霊や憑《つ》き物《もの》落とし、呪詛《じゅそ》祓《ばら》いや怨霊《おんりょう》封じと、祖母のやっていることは非日常的で、なんとも奇っ怪であり、おどろおどろしい。だが、結局その中身は、ほとんど人生相談と言えた。祖母によると、依頼人が抱える問題の九十九パーセントは、本人の心に原因があるという。だから自分の役目は、その不安や恐怖を取りのぞくことだ。昔から祖母は、そう言い続けている。

作家の祖父と拝み屋の祖母、それぞれの仕事はまったく異なったが、小さいころから手伝っていたため勝手は分かっている。しかも彼が成長した分、より役に立てるという自信があった。

こうすると俊一郎が決めた理由は、第一に祖父母への恩返しがある。それが一番大きかった。とはいえ第二の訳も無視できない。実社会へ出て行く不安だ。根底に人間不信を抱えた状態で、まともに働けるのか。他人と満足にコミュニケーションが取れないのに、どんな仕事に就けるというのか。

そのうえ死視の問題もある。祖母に訓練を受けたお蔭《かげ》で、彼は自分の意思で、他人の死相を「視る／視ない」と切り替えられた。ずっと「視ない」にしておけば、基本的には良かった。ただし、そこには少なからぬ意志の力が必要になる。ふっと気を抜いた瞬間、その場にいる全員を死視してしまう危険が、常につきまとう。

もし死相を視てしまったらどうするか。相手が見ず知らずの他人の場合、それを告げることはまず無理である。仮に教えたにしても、ろくな結果にならないだろう。かといって相手が顔見知りでも、やはり同じだった。いや、なまじ知り合いだけに、よけい面倒な事態になりかねない。しかも、死相の視えた人物は遠からず死亡し、そのうち俊一郎について嫌な噂が流れる。つまり誰も救われないわけだ。

また、いくら彼が「視ない」状態にしていても、否応《いやおう》なく視えてしまうほど強い死相が、この世には存在していた。そういうものは、たとえ彼が逃げても追いかけて来る。視たというだけで、嫌でも関係を持たざるを得なくなる。

人が多く集まるところに出て行くほど、こういったリスクが高まってしまう。彼が社会に出るのを恐れたのも、充分に頷《うなず》ける。

それから二年が経ち、俊一郎は二十歳《はたち》になった。そんな三月下旬のある日、彼は離れの祖父の書斎で資料整理をしていた。すると祖父が、東京に出て己の能力を活《い》かしたコンサルタント業をしてみてはどうか、と提案した。どういうことかと尋ねると、長年にわたって整理した祖母の顧客リストがあるという。その中には俊一郎の死視の力のお蔭で、祖母に命を救われた人たちも数多くいるらしい。各界の有力者も多数ふくまれており、誰もが彼に協力を惜しまないだろう。そんな話をされた。

祖父のアイデアを検討した彼は、コンサルタント業ではなく探偵事務所を開く決意をする。祖母の手伝いをしてきた経験から、それが自分の力を最も発揮できる職業ではないかと、冷静に判断したからだ。

一口に死相と言っても、人間に死をもたらす原因は、自然死、病死、事故死、自殺、他殺と様々な種類がある。よって俊一郎が依頼人に視る死の影も、まさに千差万別だった。また死相が視えたからといって、その人物の近い将来の死因まで分かるわけではない。むしろ謎である。

これまでは彼が依頼人を死視して、死相が出ていた場合は、祖母が手当てをした。死の原因を突き止め、祖母なりの方法で取りのぞく。なかには寿命の人、逃れられない運命の人もいるため、もちろん全員を救えるわけではない。

冷たいようだが死視する以外は、自分には無関係だと俊一郎は思っていた。単に死相が視えるというだけで、それ以上のことは何もできなかったからだ。考えてみれば、これほど無駄な力もないかもしれない。「あなたは近いうちに死にます」と本人には告げられるが、何が原因で死亡するのかは教えられない。だから当事者も手の打ちようがなく、ひたすら死の影に怯《おび》えるはめになる。

ところが、祖母の手伝いをするうちに、あまりにも受け身過ぎる自分に対して、いつしか疑問を覚えていたらしい。祖父に独立をすすめられ、一生ついて回る力なら利用するべきだと諭《さと》された彼は、そんな自分の変化に気づいた。

改めて死視の能力について真剣に考え、次のような結論に達した。

死相が表れている人は、未だ確定されていない「死因」により、死ぬことが決まっている近い将来の〈被害者〉である。

その死因とは、被害者の命を奪うために、死相という犯行予告を突きつけている〈犯人〉である。

ならば自分は、犯人である死因の正体を突き止め、依頼人を「死」から救う〈探偵〉になれば良いのではないか。

こうして俊一郎は探偵事務所を開いたのだが、まず依頼人との会話でつまずいた。他人とのコミュニケーション能力が極端に劣る彼は、そもそも話をするという行為が苦手で、苦痛でさえある。だが死相を読み解くためには、どうしても依頼人から情報を引き出さなければならない。その人に関わるものの中から、手がかりを見出す必要がある。

期せずして、探偵業がリハビリの役目を果すことになった。おそらく祖父は、この効果を予測していたのだろう。とはいえ、幼いころに強烈に植えつけられた人間不信は、そう簡単には消えない。ぶっきらぼうな態度も相変わらずで、依頼人や関係者ともめることもたびたびあった。

そんな俊一郎を助けてくれたのが、祖母が長年にわたって蓄積し、祖父が整理と管理をし続けている、顧客リストにもとづく情報網だった。依頼人ひとりでも手にあまる彼は、その家族や勤務先など調べる必要がある場合、しばしば祖母に調査を委託した。調査報告はいつも見事で、彼の探偵業に一役買った。ただ、ひとつだけ問題があった。どんな調査であれ、すべて有料だったのだ。

孫から金を取るのかと俊一郎がぼやくと、逆に怒られた。

「当たり前やろ。あんたは探偵事務所を構えて独立してるんやから、その経費いうことになるやないか」

祖母はポイントカードまで作り、調査も特急、急行、準急、普通と急ぎの度合に応じて、それぞれ料金を変える始末だった。冗談かと思ったら本気だったので、俊一郎は唖然《あぜん》とした。自分の祖母ながら、まったく喰《く》えない婆さんである。そして実は、この調査費の半分以上が滞納になっていた。

四月に探偵事務所を開いてから、約五ヵ月が経った。その間、かなりの数の依頼人を死視してきた。多くは祖母の顧客の紹介状を持っている、身元の確かな人物である。にもかかわらず、いざとなると代金を支払わない。そういう者が少なくなかった。

俊一郎が死視し、死相を認め、その意味を解き明かし、なんとか依頼人を「死」から救う方法を考える。場合によっては本人と相談することもある。これまで、ほとんどの者は命が助かっている。なのに依頼料を踏み倒すのだ。

最初は、そういう人間もいるのだと思った。しかし、真面目そうに見えた人でも同じことをする。なぜだろうと考え、なんとなく理由が分かった。

祖母は、悪霊に憑かれたと訴える相談者が、本当は精神を病んでいると察しても、それらしいお祓《はら》いをする。本人が強く思い込んでいるため、いくら違うと説明しても無駄だからであり、その手の人は形式だけの儀式で簡単に治るからだ。すると相談者は大いに感謝し、何も言われなくても礼金を納めようとする。つまり言葉は悪いが、それは祖母のパフォーマンスに対する代金のようなものなのだ。

それに比べると俊一郎の場合、依頼人に何かを見せるわけではない。死相は彼にしか視えないし、その表れ方も極めて抽象的で、すぐに解釈することも難しい。また、死相が意味する「近い将来の死因」を導き出せても、「おそらく何々だと思う」という言い方になってしまう。要は祖母と違って、依頼人は彼に助けられた気にならない。そのため代金を支払う段になるとためらい、そのまま知らんぷりをしてしまう。

さらに入谷《いりや》家事件をはじめ百怪倶楽部事件など、大変な思いをした割にはあまり金になっていないケースもあり、探偵事務所の台所事情はかなり厳しい。

「おい、これは死活問題だぞ」

そう言って俊一郎は、僕に事の重大さを知らせた。だが、今のところ餌は切らしていないので、僕からは何の反応もない。

仕方なく電話で祖母に内情を打ち明けると、

「アホ！　そういう場合は前金で受け取らんかい！」

　とても俊一郎にはできない方法を教えられた。

「無理だよ」

「どこがや？　死相が視えたら、その事実だけ告げてやな、こっから先は料金が発生しますけど――って、そう言うたらええだけやないか」

「それじゃ脅しだろ」

「脅しいうんは、死相の意味と解決策を教えて欲しいんやったら、もっと金に色つけてもらわんと、お客さん困りますなぁ――いうんが脅しや。まぁ相手によったら、それくらいのことはしてもええかもしれん」

「いいわけあるか」

　祖母なら本当にやりかねない。

「そもそも探偵事務所なんぞと、格好つけた看板をあげとるからや」

「どういうこと？」

「探偵いうたら、捜査や推理をする現実的な存在やろ。その探偵の看板を出しながら、お前がやっとるんは、死視いう極めて非現実的な行為や。普通の人にとったら、きっとこんごらがるやろな」

　祖母の指摘には一理ある、と俊一郎は思った。

「どうすればいい？」

「弦矢俊一郎心霊研究所はどうや？　いや、大人し過ぎるな。せや、死神対策本部！　これくらい派手にかまさんといかん」

「本部って、どこに支部があるんだよ。第一そんないかがわしい名前じゃ、ひとりも依頼人が来ないよ」

「だいたい看板に頼ろういうんが間違いや」

「祖母《ばあ》ちゃんが言い出したんだろ」

「わたしゃなんか、何の看板もあげとらんのに、ひっきりなしに人がやって来るんやから、やっぱり人気者は大変やわ」

「誰が人気者だよ？　和光同塵《わこうどうじん》って言葉があるだろ」

「お前、いくつや？」

「祖母ちゃんと祖父《じい》ちゃんが教えてくれたんじゃないか」

ちなみに和光同塵とは、老子の言葉である。自分の徳や知を口にするのは、無知の者のすることであり、表に出してひけらかすものではなく、ひかえ目に生きるのが良い、という意味になる。

「ほんまに年寄りみたいなやっちゃな」

「その年寄りに育てられたんだよ」

「お前な、祖母ちゃんに人気があったから、ちゃんと毎日おまんまが食べられたんやで」

「祖父ちゃんは？」

「ここだけの話、孤高の怪奇幻想作家では食えんわ」

という内緒話を、祖母は大声で口にしている。

「やっぱり……」

「分かったらええ」

「けどさ、祖母ちゃんの拝み屋は、もう何百年もやってるんだから、多くの人に認知されてて当たり前じゃないか」

「そうそう、今年で四百年――って、わたしゃ妖怪《ようかい》か！」

「というわけで、ちょっと支払いは待ってくれ」

「あかん」

「事情は説明したじゃないか」

「それが支払いの延期を頼む態度か」

俊一郎はぐっと言葉につまったあと、

「……という訳でございますので、なにとぞ調査費の振り込みにつきましては、今しばらくの猶予をいただけないでしょうか」

「あかん」

「あっ、汚いぞ」

「何がやねん？　祖母ちゃんを化物呼ばわりしといて、そのうえ借金を踏み倒そうなんて、どんだけ悪人なんや」

「化物って言ったのは自分だろ。それに借金じゃないし、払わないつもりでもない」

「とにかくあかん。払う金がないんやったら、未払いの依頼人を回って、集金したらええやないか」

それが俊一郎にできれば苦労はない。ひょっとして祖母は、彼のリハビリを考えて、わざと突き放すような態度を――と思いかけてやめた。単にがめついだけに違いない。これまでの経験からで分かる。

その後は定期的に、祖母から督促の連絡が入った。しかも、そのたびに金利が増えていく。実の孫に対して、まったく情け容赦がない。

そんな状況だったため、ぶくぶく猫もといメタルを見つけるだけで百万円という話に、俊一郎は心を動かされたのである。

「僕にゃん」

猫なで声で呼びかけたが、こっちを向いた顔は、どこか警戒しているように見える。それが次の一言で、ころっと変わった。

「ささかま好きだよなぁ」

笹かまぼこは、僕の大好物だった。今も「ささかま」と口にしただけで、すぐにでも飛んで来そうな気配がある。

「どうだ？　メタルを捜す報酬として――」

良からぬ取り引きを、俊一郎が口にしかけたときだった。

コン、コンッ……と事務所の扉に、ノックの音がした。

二　視線

当山志津香《とうやましずか》は改札を出ると、駅の壁に貼られたポスターをゆっくり眺めながら、それとなく家路につくであろう人たちを観察した。

人波は改札の左右に分かれて流れ、その場に立ち止まる者はひとりもいない。誰もが足早に帰宅を急いでいるように見える。何人かの男がこっそりと、または無遠慮に、彼女の胸元に視線を送ってきたくらいだ。男によっては不快な眼差《まなざ》しもあったが、それも一瞬である。おそらく向こうも目を離した数秒後には、彼女の存在など頭の中から消えているに違いない。

おかしいな……。

二ヵ月前の七月の初旬ごろから、志津香は奇妙な視線を覚えるようになった。最初は衣服が薄着になったため、男性の視線を集めているのだと思った。嫌な気はしないが、とても疎《うと》ましく感じるときもある。彼らの眼差しが決まって胸元に向けられるからだ。

「男どもの目を釘《くぎ》づけにする季節が、今年もやってきたわね」

四谷《よつや》にある会社のロッカールームで、始業前に志津香が着替えていると、そんな声を同僚の大島夕里《おおしまゆうり》からかけられた。

彼女たちが勤めている会社〈クリエーション〉は、その名の通り様々な媒体を用いて多彩な創造と表現を行なっている企業である。そのため組織は、映像、出版、広告など、いくつもの部門に分かれており、それぞれが独立採算制を取っている。ただし、志津香が所属する経理部や、夕里のいる総務のような一般管理部門だけは共通で、クリエーションの全組織をあつかう。

社名にふさわしく社員は、かなり個性的なファッションを自由に着こなす社風が、昔からある。にもかかわらず一般管理部門のみ、なぜか制服だった。

「うちの可愛らしい制服でも、あなたの胸は目立つものねぇ」

「どうせ胸だけだって言いたいんでしょ」

「まぁ贅沢《ぜいたく》な！　女にとって胸は最も気になるところじゃない」

夕里は廊下にまで聞こえそうな大声を出したが、

「もちろんウエストも二の腕も太腿《ふともも》も……気になる部分はいっぱいあるんだけど」

そう小声で続けて、志津香を笑わせた。

「夕里はスリムだもの、ぜーんぜん大丈夫よ」

「あのね、女も二十代の半ばを過ぎると、そうは言ってられないの！　それに出るところは出ていないと……ね」

「夕里はスタイルいいのに。それに可愛いしさ」

「あっはは、化粧のせいよ」

くったくなく夕里は笑い声を上げると、

「志津香も、もう少し化粧したら？　顔なんてね、メイクでがらっと変わるものなの。あなた、素材は悪くないんだからさ」

自分でも顔立ちは普通だと、小学生のころから志津香は思っていた。別に悪くはないけれど可愛くも美しくもないと、かなり冷静に認めていた。だから男性の視線など、まったく意識したことがなかった。

それが高校生になって急に胸の発育が良くなったとたん、じろじろと見られるようになる。もちろん胸元だけを集中的にだ。最初は恥ずかしくてたまらなかったが、電車の中で痴漢にあってからは、それが恐怖に変わった。自分の身体の一部なのに、一時は忌まわしいとさえ感じた。歩くときに胸を強調しないようにと、いつしか猫背になっていた。

「猫背は、あんただけじゃないのよ」

飼い猫のシマシマをなでながら、そんな自虐的な独り言を口にした。元から大人しい性格だったのが、よけいに暗くなってしまった。

そんなコンプレックスが薄れたのは、修学旅行で入浴したとき、友だちに「美乳」だと言われてからだ。大きいだけでなく形が最高に良いと、ほとんど羨望《せんぼう》の眼差しで見られ、とても驚いた。ひとりや二人ではない。ほとんどクラスの全員が、彼女の胸を目にして溜《ため》息《いき》をついたのだから。

生まれ育った福島を出て、東京の大学に進学するころには、志津香は文字通り胸を張って歩いていた。男の視線に慣れたせいもあるが、やはり同性である友だちに評価されたことが、何よりも大きかった。

大学でも卒業後に就職した会社でも、海水浴や旅行などで裸を見せる機会があると、決まって彼女は胸をほめられた。なかには「当山さん、胸だけはすごいのねぇ」と嫌味を言う先輩もいたが、やっかみだと分かるので気にしないようにした。もし高校生のときだったらショックのあまり、ますます猫背になっていただろう。

「今度さ、効果的なメイクを教えて上げるよ」

二人とも制服に着替え終わったところで、夕里が言った。

「うん……」

実は彼女には前から、何度も同じことを口にされている。しかし志津香は、今の薄化粧で満足だった。そのため、つい気のない返事をしてしまう。

「その代わりあなたは、どうすれば私の胸が大きくて格好良くなるかを、ちゃんと考えるのよ」

そう言いながら夕里が、いきなり両手で志津香の胸をつかんだので、彼女たちはキャッキャッと十代の少女のように笑い合った。

そのとき突然、ロッカールームの扉が開いたと思ったら、

「あなたたち、朝っぱらから何を騒いでるの！　ここは会社ですよ！」

総務部のお局《つぼね》さんが顔を出し、「新入社員じゃあるまいし、ほんとにまぁ」と、くどくどと小言をもらうはめになった。

あの日から、いくらも経たないうちだと思う。志津香が奇妙な視線を肌で感じるようになったのは……。

はじめに意識したのは、駅から帰宅する途中でだった。急にぞくぞくっと背筋が震え、誰かに見られている！　と強く感じた。とっさに後ろを振り向くと、背広姿のサラリーマンらしき男性とＯＬと思える女性が、四、五人ほど歩いていた。ただし、誰もがうつむきがちに、黙々と家路を急いでいる。彼女を注視している人など、ひとりもいない。

今のは気のせい？

それにしては、あまりにも強烈な眼差しだった。サラリーマン風の男性のひとりを疑ったが、自分のすぐ後ろには、スタイルの良い美人OLが歩いている。好色な目を向けられるとすれば、どう考えても彼女のほうだろう。

ふに落ちなかったが、もう翌朝には忘れていた。思い出したのは数日後である。やはり帰宅途中に同じ視線を感じ、振り返ると同じような光景があった。この前と同一の男がいるかと捜したが、ろくに容姿は覚えていないので分からない。

なんか気味が悪い……。

志津香が利用する京王《けいおう》線の篠増台《しのますだい》駅は、調布《ちょうふ》と府中《ふちゅう》の間にある。普通しか停まらない小さな駅だが、朝夕の乗客数はそこそこ多い。周辺には、建て売り住宅、賃貸住宅、マンション、団地、集合住宅、アパートと不動産だけは充実しているため、いわゆるベッドタウンになっている。ただし、その割に飲食店の数が少なく、駅前も閑散としている。どちらかというと家族向きかもしれない。

駅から彼女が暮らす〈メゾン青木〉までは、歩いて二十分はかかる。そのうえ近道を選ぶと、どうしても人通りの少ない道を通ることになる。片側が雑木林、もう片側が民家の塀という路地のような小道だ。部屋に帰り着くまでに三つも、「痴漢に注意!」の看板を目にするほど淋《さび》しい場所もある。

ただ、そのお蔭《かげ》と言っては変だが、お巡《まわ》りさんの姿はよく見かけた。特に痴漢が出やすい夏場は、よく巡回していた。とはいえ毎晩ではない。お巡りさんの見回りも日によって、場所と時間を変えているのだろう。

　志津香は毎日、ほぼ七時二十分には帰宅する。経理という仕事柄、月末と年度末には残業しなければならないが、それ以外はほとんど定時に退社できた。駅前のスーパーで買物をすると、十分から二十分くらい帰るのが遅れることはある。しかし、駅からメゾン青木まで歩くのは、いつも七時前後から半くらいと決まっていた。たまに夕里や学生時代の友だちと飲みに行く日は別として、本当に判で押したような生活だった。

「志津香はね、ちょっと真面目過ぎるよ」

　合コンに誘われて断わるたびに、夕里には言われる。

　そんな規則正しい通勤が、あだになったのだろうか。こちらの行動が予測できるということは、それだけ狙われやすいわけだ。夕里に相談すると、同じ意見を口にした。もっとも彼女の受け取り方は、もっと過激だった。

「ただの痴漢とは違うわね」

「えっ、そうかな……」

　もう七月も終わりという週末の金曜日の夜、二人は新宿の焼き鳥屋のカウンター席にいた。

「痴漢はさ、衝動的なものじゃない。むらむらっときて、その場でつい手を出す。そりゃ痴漢によっては、好みの女を物色して、つけ回すヤツもいるかもしれないけど、一ヵ月も何もしないって変でしょ」

「そう言われれば……」

「きっと志津香のあとをつけて、生活パターンを探ってるのよ」

「嘘……」

「一週間の暮らしぶりを調べて、あなたが規則正しい生活を送っていることを、まず確認しようとしている」

「何のために？」

「もちろん機会をうかがうため。そいつにとって最も良い時期はいつか。その日時を決めるつもりなのよ」

「そ、そいつって？」

「もう、鈍いなぁ。レイプ魔に決まってるじゃない！」

店内がしーん……として、客だけでなく従業員の視線までが、いっせいに志津香たちに向けられた。

それから二人は小声で、ぼそぼそと話をした。

「でも、毎日じゃないの」

「あとをつけられるのが？」

志津香はうなずくと、

「数日おきってわけでもなくて、なんか気がつくと……」

「あなただけじゃないのかもね」

「どういうこと？」

「そいつにはターゲットの女性が複数いて、日によって尾行する相手を変えてるのよ。月曜日にはA、火曜日にはBってね。それで翌週には、曜日をずらすわけ。Aは火曜日に、Bは水曜日にって。時間はかかるけど、これなら同時に何人もの女性を探れる」

「夕里、すごい……」

素直に志津香は感心した。

「まぁね」

ちょっと得意そうな表情をしたあとで、

「レイプ魔が狙った女性を尾行して、その生活パターンを調べるって手口は、実は前にテレビでやってたのよ。警察に捕まった犯人が、実際にやっていた方法だって」

あっさりネタ元をバラしてしまった。いかにも夕里らしい。

「好みの女を新宿みたいな大きな駅で物色して、あとをつける。それでアパートの一階に住んでて、ひとり暮らしで、いつも何時ごろに帰宅するか……って色々と調べて、襲えそうかどうか判断するみたい」

「その女性の部屋に押し入るの？」

思わず志津香は確認していた。

「夜道で襲われるより、自分の部屋に侵入されるほうが多いんだって」

「そんな……」

怯《おび》える志津香に、すっとんきょうな声で夕里は、

「あっ、けど曜日ごとにターゲットの女性を変えるっていう考えは、テレビじゃなくて私のオリジナルだからね」

慌てて断わりを入れ、彼女を苦笑させた。そのためレイプ魔の恐怖が、少しだけ薄れた気がした。

でも、何か違うような……？

ひとりの女として、逮捕された犯人の手口は怖いと思う。ただ、あの忌まわしい視線には、レイプ魔よりもっとおぞましい何かを感じるのだ。うまく説明できないが、とても恐ろしい特別な意思がこもっている。そんな風に思えてならない。

考えが表情に出たのか、夕里が顔を覗《のぞ》きこむようにして、

「何よぉ？　ほめたわりには不満そうね」

「そうじゃないんだけど……」

「あなたのとこ、普通の集合住宅でしょ？」

「うん」

「いい？　部屋に入るときは、廊下に誰もいないことを確認してから鍵《かぎ》を開ける。外出中はもちろん、寝る前にも必ず窓を閉める。二階や三階だからって、最近は安心できないのよ。暑けりゃクーラーかければすむんだからさ」

「分かった」

「あっ、出版部の多崎《たざき》さんに相談しようか」

「ええっ？」

「だって彼、サイコ殺人鬼のシリーズを担当してるでしょ」

出版部の編集者である多崎大介《だいすけ》は、彼女たちの四年先輩だった。世界の名だたる猟奇的な連続殺人犯をひとりずつ取り上げ、最新の脳科学や精神医学などの専門家に、その人物像と犯行を分析させる〈マーダーズ・ファイル〉というシリーズ書籍を担当している。かなり難解な内容のうえ定価も安くないのに、意外にも売れ行きが良く、第二シリーズの企画も、すでに検討されているという。

「サイコ殺人鬼……って、今はレイプ魔の話じゃない」

「犯行におよぶ前の行動が、似ていると思うから――」

「とか言って私をだしに、多崎さんを引っ張り出したいだけでしょ？」

「そんなことない」

「だって多崎さん、夕里みたいな顔が、もろに好みだって噂よ」

「私の耳に入ってるのは、肉感的な女性が好きってことだけ。それって、ずばり志津香じゃない。彼は歌舞伎の女形《おやま》みたいな美形で、そのうえ細身だから、きっと女性には豊満さを求めていると思うなぁ」

夕里は自分のスリムな体型に、どうやらコンプレックスを持っているらしい。志津香から見れば、とてもうらやましい身体つきである。おそらく同世代の女性のほとんどが、うらやむ体型だと思う。

その夜は、これ以上は突っ込んだ話にならず、あとは男の話題へと流れてしまった。

薄気味の悪い眼差《まなざ》しが存在するのは確かだが、実際に身の危険を感じたわけではない。相談した相手によっては、「気のせいよ」の一言で片づけられていただろう。そういう意味では、夕里の反応はあまりにも大げさ過ぎたかもしれない。

ところが、八月に入ってから都内で、立て続けに奇妙な女性襲撃事件が起きた。それをテレビのニュースで知ったとき、これこそ自分に降りかかっている災厄ではないのか、と志津香は強く感じた。すぐにネットの情報や週刊誌の記事を集めて調べてみたのだが、事件の詳細が分かるにつれ、何とも言えぬ変な気持ちになった。

襲われた女性は三人、全員が二十代のＯＬである。襲撃の場所が人気のない公園や雑木林や廃屋の近くで、時間が午後七時から八時の間で、誰もがいきなり変な臭いのする布で鼻と口をふさがれ、意識が朦朧として倒れている間に、衣服を脱がされたという共通点があった。

ただし、ひとり目は上半身を裸にされたのに、二人目はパンツを、三人目は上着を脱がされただけですんでいる。しかも犯人は、それ以外に被害者には何もしていない。ひとり目が胸を触られることも、二人目が太腿《ふともも》をなでられることも、そういった行為は少しもなかったらしいのだ。

警察は、被害者に接点が見られないことから、女性全般に何らかの恨みを持つ者の犯行と考えた。つまり不特定の女性を狙った鬱憤《うっぷん》晴らしである。

たちまち志津香は震え上がった。幸いすぐ盆休みに入ったため、彼女は急いで福島に帰省した。そこで母親の料理を食べ、父親と酒を飲み、地元の友だちと会い、歳の離れた弟にゲームソフトを買ってやり、猫のシマシマと遊び、自分の部屋で寛いでいるうちに、ようやく少しずつ元気が出てきた。

休みが終わって出勤した日の昼休み、会社の近くの公園の木陰でランチをとりながら、夕里と事件の話ができたのも、実家で英気を養ったお蔭《かげ》である。

「犯人はフェチ野郎よ」

相変わらず夕里は、独自の推理を述べた。

「だから服を脱がせて、胸や足だけを出したの？」

「三人目は、きっと二の腕が目当てだったのね」

「なのに、どうして犯人は触らなかったんだろう？」

「見るだけで満足するから、フェチなんじゃない」

「そ、そうなの……」

「二人目がパンツだけで、下着を脱がされていないのが、何よりの証拠よ。つまり犯人は、足にしか興味がなかった」

「フェチの人って、好きな部位が決まってるんじゃない？　この犯人は、胸、足、二の腕って、ちょっと多過ぎると思う」

「その日の気分で、好みの場所が変わるんでしょ」

いい加減な返答をしたのは、もっと気になる話題が夕里にあったかららしい。

「それで志津香は、例の変な視線っていうのが、この犯人のものじゃないかと思ったわけね？」

「うん、根拠はないんだけど……」

「あるじゃない」

夕里が右手の人差し指で、志津香の胸を突つきながら、

「胸フェチ野郎なら、あなたに目をつけて当然だわ」

「ちょっとやめてよ」

「ただいまぁ――」

　そこで夕里が、珍しく考え込むような顔をしながら、

「服を脱がせて胸を見るためだけに、一ヵ月もつけ回すかなぁ？」

「ひとり目の被害者は一週間ほど前から、二人目は数日前から、誰かに見られているような気がしたって……。三人目はそんな覚えがないそうだけど、単に気づかなかったのかもしれないし……」

「そうね。きっと鈍いのよ」

　夕里は三人目に厳しい評価を下すと、

「こういう犯行って、自分の好みの女を発見したら、すぐにあとをつけて、人気のない場所で一気に襲う。そんなものでしょ。ただ一週間くらいなら、ちょっと様子を見てもおかしくはないかも」

「それじゃ、私は違うってこと？」

「うーん……。多崎さんによると、同一犯かどうかは分からないけど、似ている臭いはするって――」

「えっ……、多崎さんに話したの？」

「うん。彼も興味を持ったみたいで――」

「ちょっと夕里、社内で変な噂が立ったら、どうするのよぉ」

「大丈夫だって、彼には口止めしといたから。それに、似たような事件が過去になかったか、少し調べてくれるって」

まったく夕里は気にした様子もなく、むしろ多崎に協力を求めて良かったと思っているみたいだ。

「それでね、彼が言うには、三人の女性たちと志津香の間に、他に何か共通点はないのかって？」

そう訊《き》かれて志津香は、とても肝心なことを思い出した。

「襲われる数日から一週間前に、誰かの視線を感じたっていう二人だけど、後ろを向いて捜しても、それらしい人物が見当たらなかったっていうの」

「多崎さんが知りたいのは、三人と志津香自身に関することだと思う」

「でも、これって私と同じでしょ」

「それは、いかにも不審者に見えるヤツがいなかっただけで、きっと犯人は普通の真面目な勤め人なのよ」

「ひとり目の女性が、週刊誌のインタビューに答えていてね。気味の悪い視線を感じて振り返ったとき、四、五人しか後ろにいなかったことが、二度あった。だけど同じ人たちじゃなかったって――」

「そんなの覚えてるわけないよ。夜なんだしさ」

「うん。けど、よく通勤の行き帰りで顔を合わせる人も、そこにはいたらしいから……」

「……」

納得していないらしい夕里に、どうにか理解してもらおうと志津香は、

「あの視線て、本当に独特なの。うーん、どう説明すれば……。あんな眼差しを他人《ひと》に浴びせておいて、相手が振り返ったからって、急に知らんぷりはできないっていうか。その人の周囲に、負のオーラが見えそうな気がする……。そんな感じかな」

「なるほど」

「つまり、きちんとした勤め人の格好をしてるほど、逆に目立つと思うの」

「当事者でないと分からない感覚かもね」

思わず志津香が大きくうなずくと、

「でも、それじゃ――」

夕里が首を傾げながら、

「志津香の後ろにいたはずの犯人の姿が、まったく見えなかった……ってことになるじゃない」

独白

奇妙な手紙が届いた。
宛名も住所も正しい。
ところが、差出人の欄には、

と六つの黒い棒が描かれているだけだ。
内容を読んで驚いた。
こちらの邪《よこしま》な願望を、ものの見事に当てている。
だが、こんな儀式が本当にできるとは……。

三　猟奇連続殺人

「ほおっ、案外まともな事務所じゃねぇか」

扉を開けて入って来たのは、刑事の曲矢《まがりや》だった。一通り室内を無遠慮にじろじろ観察すると、何の断わりもなしに長ソファへ、どっかりと腰を下ろした。

彼は入谷家と城北大学の月光荘、この二つの事件に関わった所轄署の警察官で、俊一郎とは浅からぬ因縁がある。奈良の祖父母についても死視《しし》に関しても、一応の情報は持っているらしい。かといって味方かというと、よく分からない。

祖母の顧客には、警察の関係者も少なくない。上層部の人間が多く、弦矢俊一郎探偵事務所の活動に対する支援や配慮や優遇が、実は警察組織内で秘《ひそ》かに行なわれているというのだ。もちろん俊一郎は何も知らないし、そんな恩恵を感じたことなど一度もない。しかし、曲矢の持って回った説明によると、どうやら事実らしい。おそらく彼は、それが気に入らないのだろう。

曲矢は上着のポケットから煙草を取り出しながら、

「ここは、客に茶も出さんのか」

「禁煙だ」

「相変わらず愛想のないヤツだな」

煙草に火をつけると、深々と吸い込んでから、盛大に煙を吹き出す。

「ずいぶんと繁盛してるじゃないか。廊下で一時間も待たされたよ」

「あなたの順番は、まだまだ先です」

「おっと、こりゃ失礼した。で、俺の前に並んでいた依頼人は、どこにいるんだ？」

わざとらしく曲矢は、部屋の中を捜す振りをしている。

「そう言えば、誰かと話していたな」

「……」

まずいな……と俊一郎は思った。僕との会話を聞かれてしまったようだ。

「訳ありの依頼人を、奥の部屋にでも隠したか」

「あなたには関係ない」

「いや、そんな暇はなかったはずだ。ノックをしてから、すぐに扉を開けたからな」

「普通は返事を待ってからだろ」

「そうか。で、誰と話してた？」

「……」

「まさか、目には見えない相手じゃないだろうな？」

冗談ぽく言っているが、そういう可能性もまったくゼロではないと、ほんの少しは思っている表情である。

「幽霊か。まぁ似たような存在と、そうとは知らずに話した経験はあるけど」

「おいおい」

俊一郎が肯定したことで、逆に曲矢は嘘だと決めつけたのか、急にリラックスした態度になった。

「本当は、ひとり言をつぶやいてたんだろ。ホームシックってやつか。そろそろ祖母《ばあ》ちゃんが恋しくなったんじゃないのか」

「俺が？」

「強がるな。ひとり言では、『僕……』って言ってただろ？」

よりによって、僕に呼びかけたところを聞かれたらしい。幸い僕とは猫で、正式には僕にゃんだとはバレていない。もし、それを知られたら今後ずっと、事あるごとにからかわれるに違いない。

「空耳じゃないか」

ここはとぼけて誤魔化すしかない。

「ニヒルを気取っても、しょせんはまだガキだな。ちょっと他人《ひと》とは違う力があって、有力者に顔のきく祖母さんの後ろ楯《だて》があるからって、あんまり――」

　にゃーと鳴き声がして、ソファの後ろから僕が現れた。

「うん？　あっ……猫か」

　まずいタイミングで、まったく登場してくれるじゃないか、と俊一郎は焦った。

「ふーん、お前、事務所で猫を飼ってるのか」

「まぁ……」

「名前は？」

「……」

「猫の名だよ」

「……」

「それくらい教えても――」

　と言いかけた曲矢の顔に、急にニヤニヤと嫌な笑いが広がった。

「おい、ひょっとして、ボクなんて呼んでんじゃないだろうな？」

「……」

「ボク……、ボク……、そうだ！　ボクにゃんって聞こえたぞ」

　もう駄目だ……。

　俊一郎は絶望的な気分になった。この性格の悪い刑事が、これほどおいしいネタを放っておくはずがない。

「そうかそうか、ボクにゃんっていうのか。もちろんお前が、自分でつけた名だよな？」

「ち、違う……」

「照れるなよ。へっへっ」

曲矢が邪悪な笑い声を上げたときだった。それまで彼を見つめていた僕が、とことこっと近づくと、その両足に身体をこすりつけ出した。

「お、おい……、やめろよ」

慌てる曲矢におかまいなく、僕は彼の足下を何回も往復している。

「なるほど」

今度は俊一郎の顔に、たちまち笑みが浮かんだ。

「刑事さん、かなりの猫好きでしょ？」

「な、何を馬鹿な……」

「別に恥ずかしいことじゃない」

「女子供じゃあるまいし、俺は猫なんか――」

「僕はね、相手が猫好きか猫嫌いか、はっきりと見分ける。同じ猫好きでも、その度合に合わせて、彼なりの反応を示すんだけど――」

その瞬間、ぴょんと僕が曲矢の膝《ひざ》に飛び乗った。そして右の太腿《ふともも》の上で、まるでスフィンクスのように横たわると、にゃんと満足げに鳴いた。

「特に相手の膝の上に座って落ち着くのは、その人が猫を猫っ可愛がりする根っからの猫好きだと、僕が認めた証拠なんだけど」

「……」

曲矢は右手に持った火のついた煙草を僕から離しつつ、左手の甲でしきりに汗をふいている。

「刑事さんも、猫を飼ってるんですか」

「とにかく、こいつをどかせろ」

「せっかく気持ち良く――」

「どかせろ！」

俊一郎は溜息《ためいき》をついて立ち上がると、長ソファの側まで行って、僕を抱き上げた。にゃーにゃーと抗議の声を上げる僕をなだめつつ、奥の部屋へ連れて行く。しばらく出て来るなと言いふくめてから、応接セットへと戻った。

「これでご満足ですか」

「お前な、そもそも仕事場に猫を入れるな」

皮肉っぽく俊一郎が訊《き》くと、曲矢は怒りながら文句を言った。しかし、その様子がなぜか引っかかる。

「どうも変だ」

「何が？」

「僕とあなたの反応の違いです」

「だから、あの猫が見分けられるなんて、実際には無理なんだよ」

「……」

「こっちが大人しくしてたから、勝手に膝へ上がってきただけだ」

「ひとつ考えられるのは――」

「おい、俺の話を聞いてるのか」

「あなたは心の底では、猫が好きで好きでたまらない。ところが、いざ目の前に猫が来ると、とたんに怖じ気づいてしまう。本当はなでたくて仕方ないのに、どうしても手を出せない。だから――」

「引きこもりで人間嫌いのガキだった割には、今日はえらく喋《しゃべ》るじゃねぇか」

探偵事務所を開いて間もないころだったら、たちまち俊一郎は口を閉ざして、「帰ってくれませんか」と相手に冷たく言い放っていただろう。だが、死相を視る探偵として仕事を続けるうちに、少しずつ彼も図太くなっていた。それに、どうしてか曲矢に対しては、妙な喋りやすさを感じてしまう。

口の悪さが祖母ちゃんに似ているからか。

そう考えた俊一郎は、思わず吹き出しそうになった。それをこらえると、わざと冷たい口調で、

「いつも強面《こわもて》の刑事さんが、実は猫好きにして猫恐怖症と分かったんだから、そりゃ饒舌《じょうぜつ》にもなるでしょう」

「てめぇ……」

「それで、ご用件は？」

「おっ……おお、そうだ。最初から用向きを、ちゃんと尋ねろってんだ」

勝手に入って来て、まずからんだのは曲矢の方だったが、それを指摘するとますますややこしくなる。

「次回から気をつけます」

俊一郎が下手に出たので、曲矢は面白くなさそうな様子で、おもむろに上着から手帳を取り出すと、

「八月下旬に都内で発生した、若い女性が被害者の派手な殺しが二件あるだろ」

「連続殺人では──って言われている事件か」

ひとり目の萩原朝美《はぎわらあさみ》の遺体は、吉祥寺《きちじょうじ》の井《い》の頭《かしら》公園内のトイレで発見された。死因は失血によるショックのためらしいのだが、被害者を死に追いやった犯人の行為が、あまりにも異常だった。女性の頬、両腕、胸、腹、両足の太腿の一部の皮膚を、とても鋭利な刃物

で剝《は》ぎ、現場から持ち去っている。いったい何のために、そんな残酷なことをしたのか。警察は被害者に深い恨みを持つ者の犯行と考え、容疑者の洗い出しをはじめた。

　この事件の翌週、谷中《やなか》霊園内で二人目の石河希美子《いしかわきみこ》の遺体が見つかる。ただし凄惨《せいさん》さでは、萩原朝美を遥《はる》かに凌駕《りょうが》していた。全裸に剝《む》かれた被害者は、肩の付け根から指先まで、つまり両腕だけを綺麗《きれい》に残した状態で、それ以外の部分はすべて強力な酸で焼かれていた。しかも希美子は焼かれたとき、まだ生きていたらしい。

　殺しの手口は異なっていたが、二つとも被害者が若い女性であり、その猟奇的な犯行から、マスコミは大々的に「連続殺人か？」と煽《あお》るような報道をした。ただし警察は、まだ何も発表していない。だが、テレビのニュース特集と週刊誌の記事は、ほとんど連続殺人と決めつけていた。

「ああ、そいつだ」

「本当に連続殺人と、警察は見ているんだ」

　黙ったまま曲矢はうなずくと、

「マスコミには発表してないが、どちらの被害者も同じ成分の薬を嗅《か》がされている」

「そんな大事なこと、俺に教えてもいいのか」

「ネタとして売りやがったら、ただじゃおかねえぞ」

　曲矢は凄《すご》んだが、そんな心配をしていないことは明らかだった。

「麻酔薬のようなもの？」

「効果はそうだが、主な成分が妙な茸《きのこ》らしい。その他にも、いくつもの薬草が交ぜられているそうだ」

「変わってるけど、犯人の手がかりにはなるだろ」

「さぁ、どうだか」

気のない返答をした曲矢は、そこで探るような眼差《まなざ》しを向けつつ、

「今の情報を耳にして、何か思いつくことはないか」

「俺が？」

「当たり前だろ。他には誰もいねぇよ」

刑事の傍若無人な態度に腹が立つよりも——今にはじまったことではない、という理由もあったが——俊一郎は不思議に思う気持ちの方が強かった。

いったい曲矢は、なぜ連続殺人事件の話を自分にするのか。

事務所に入って来たときは、単なる冷やかしだと思った。たまたま仕事で近くを訪れ、時間があったので寄ってみた。適当に嫌がらせをして、暇をつぶせれば良い。そんなところだろうと見ていた。だが、どうやら目的があったらしい。

「どうなんだ？」

「えっ……」

「お前、ちゃんと俺の話を聞いてんのか」

「ああ……。ちょっと待ってくれ」

実際、ふっと引っかかるものがあった。ただ、曲矢の真意をはかりかねて、そちらに気を取られていた。

「確か似たような事件が……といっても、被害者は殺されていないけど」

「どんな事件だ？」

「八月の上旬に、若い女性ばかりが連続で襲われ、衣服を脱がされたっていう――」

「あれと同じ犯人だって言うんだな？　どうして断言できる？」

いきなり曲矢がつめ寄って来た。

「そんなことは言ってない。何か思いつくかと訊かれたから、単に連想した事件を口にしただけだ」

「本当か」

「被害者が若い女性で、犯行の前に眠らせる手口がいっしょだから、きっと思い出したんだ。その妙な薬のことを発表したら、マスコミでも同じように考える者が、おそらく出てくるんじゃないか」

「だろうな」

「ただし、被害者の自由を奪ったあとの行為に、あまりにも差があり過ぎる」

「どう考える？」

「かなり倒錯した性的嗜好《しこう》を、犯人が持っているとか」

「というと？」

「たとえば女性の肌に、異様なほど執着しているのかもしれない。もっとも犯人の好みがあって、若ければ良いわけではない。色艶《いろつや》や手触りなど、犯人なりの条件がある。最初に襲われた三人は、要は犯人の好みではなかった。だから服を脱がされただけで、何もされなかった」

「それで？」

今や曲矢は身を乗り出して、俊一郎の話を聞いている。

「吉祥寺の萩原朝美は、その四人目だった。そこで犯人は、ようやく自分が理想とする肌に出会えた。だから、皮膚を剝いで持ち去った。ただ――」

「どうした？」

「この解釈では、おおまかな説明がつくだけだ。事件の細部では、むしろ謎が生まれてしまう」

「どんな？」

「最初の三人が露出させられていた肌の場所が、なぜバラバラだったのか。谷中の石河希美子は、なぜ両腕の皮膚を剝ぎ取られていないのか。それ以外の部分を、どうして焼いたのか。逆に萩原朝美は、なぜ七ヵ所も切られたのか」

「何か意見はないのか」

「今すぐには思いつかない」

「そうか……」

落胆した口調だったので、俊一郎は好奇心を抑えきれずに尋ねた。

「どうして俺に、そんな話をする？」

「警察は、同一犯だと見ている」

ところが曲矢は答えず、なおも事件について喋《しゃべ》り続けた。

「さっき言った妙な薬だが、調合薬のようなもので、一瞬にして人間の神経を麻痺《まひ》させる力がある。井の頭公園で発見された萩原朝美の鼻孔から、その妙な成分が検出されたとき、刑事のひとりが女性襲撃事件を思い出した。問い合わせると、襲われた現場のひとつにタオルが落ちていたと分かった。ただし、分析には回していない。調べた結果、同じ成分がタオルにも染み込んでいたんだよ」

「かなり特殊な薬品だけに、同一犯である可能性が高い、というわけか」

「そういうことだ」

「でも、おかしいな」

「何がだ？」

「曲矢さんは、世田谷区《せたがやく》の所轄署の刑事でしょ。三件の女性襲撃事件も、吉祥寺と谷中の連続殺人も、どちらも管轄外じゃないか」

「そうだ」

「特に連続殺人の方は、警視庁が動いてるはず。あっ、まさか栄転したとか……」

「まさかって何だよ、まさかってのは？」

「じゃ、本当に？」

「するわけねぇだろ」

「やっぱり……」

「お前なぁ――」

「だったら、どうしてなんだ？」

「大人の事情だよ」

そう口にした曲矢の顔が歪《ゆが》んでいたので、上層部から何らかのお達しがあった結果、彼は仕方なく俊一郎を訪ねて来たらしいと察しがついた。

「なるほど」

「ご理解いただけましたか」

「ええ。でも、どうして俺が？　それに、なぜ曲矢さんがこの役を？」

「俺が喜んでやってるとでも……」

「……でしょうね」

ぐったりと曲矢はソファにもたれると、

「まったく何を勘違いしたのか、お前の専門家だと思われてるんだよ、俺は」

「い、意味が――」

「その誤解が俺の知らぬ間に、警察の遥《はる》か上のお偉いさん方にまで、きっちり伝わってるみたいでな」

「……」

「だいたい考えてもみろ。警視庁の人間が、たとえ非公式とはいえ、死相を視るという探偵を訪ねられるか。そういう意味でも、俺はおあつらえ向きってわけだ」

「でも、その上層部の人たちは、祖母《ばあ》ちゃんの顧客じゃないのか。つまり俺の死視《しし》についても、言わば認めてるんじゃ――」

「だから大人の事情なんだよ。本音と建て前ってやつだ」

「どうもお互い、損な役回りみたいだな」

「一緒にするんじゃねぇ」

半分は怒り、半分はぼやいている口調である。

「そちらの事情は分かった。それで俺の方は？」

「お前――」

しばらく曲矢は、じっと俊一郎を見つめてから、

「オカルトには詳しいよな？」

「普通の人よりは、そうかもしれない。でも、別に専門家じゃない」

「子供のころから変な祖母さんに、色々と教わってるだろ」

「それなりに」

「今から話すことは、さっきの妙な薬よりも、さらに秘匿事項だ。いいな、それを忘れるなよ」

承諾の印に俊一郎がうなずくと、ようやく決心したのか曲矢が喋りはじめた。

「警視庁で捜査に当たってるお偉いさんは、女性襲撃事件と連続殺人を同一犯人と見ている。妙な薬の共通点もあるが、このお偉い警部さんは、両方の犯人の動機が同じではないか、とにらんだわけだ」

「何だ、その動機って？」

曲矢は皮肉っぽく笑いながら、

「実はな、お前の考えと少し近い。犯人は己の好みか、または何らかの法則や決まり事にもとづき、偏執狂的な熱意を持って、女性の一部を蒐集《しゅうしゅう》しているのではないか――という推理だ」

「一部って、どこを？」

「その警部が——新恒《にいがき》っていう名だが——ちょっと変わったヤツでな」

俊一郎の質問をはぐらかすと、曲矢は思わせ振りな口調で、

「ミステリやホラー小説をお読みになる」

「……」

「お前、『占星術殺人事件』って知ってるか」

「島田荘司のデビュー作だ。江戸川乱歩賞の最終選考に残った——って、おい！　まさか犯人は、アゾート殺人をやるつもりだって、その警部は考えてるのか！」

興奮する俊一郎とは対照的に、ニヤッと曲矢は笑みを浮かべつつ、

「弦矢俊一郎探偵事務所を訪ねて、どうやら正解だったみたいだな」

「あんなことを実際に……」

『占星術殺人事件』は、六人の娘の身体をバラバラに切断したうえ、ひとりずつの守護星に従って最も優れた部位を選び、それを組み合わせて完璧《かんぺき》な人間《アゾート》を造る——という狂気の計画にのっとって起こる猟奇的な事件が描かれたミステリである。

「作家ってのは、まったく変なことを考えるな」

「それが商売だからな」

「犯人が、その本に影響されたのかは分からんが——」

「本とは限らない」

「本書が刊行される十年ほど前に、同じ題材をあつかったホラー映画が、ヨーロッパで制作されている。また本書の一年ほどあとには、やはり同じテーマのアメリカのホラー映画が撮られているし、近年では韓国映画でもあった」

「すでにホラー映画でやられていたのか」

「とはいえ『占星術殺人事件』は、それを本格ミステリに仕上げている。そこが何より評価されるところなので、別に作品の価値が落ちるわけではない」

「そんなものか。まぁそれはいい。お前を訪ねたのは、やっぱり正解だったな」

曲矢はうれしそうな顔をすると、

「で、そのホラー映画のタイトルは?」

「ネタばらしになるので、どれも教えられない」

「……」

「どの作品も、最後に連続殺人の意味が分かる。だから——」

「あのなぁ……。これは殺人事件の捜査なんだぞ」

「映画を観ても、参考にはならない」

「そんなことは、こっちで判断する」

「でも……」

「何ぃ?」

なおも執拗《しつよう》に曲矢に訊《き》かれ、仕方なくメモに書いて渡すはめになった。

「新恒警部は、本当にそう考えているのか」

「ろくに現場を知らんエリートの、頭でっかちの読書好きが、まぁ思いつきそうなことだけどな」

「それにしては、落ちこぼれのたたきあげ刑事さんが、妙に評価をしているみたいですけど？」

「てめぇ、喧嘩《けんか》を売ってんのか」

曲矢の顔が、たちまち怒りで赤くなる。

「今すぐ帰ってもらっても、こっちは結構ですよ」

「おおっ、上等じゃねぇか――」

と言いかけて、曲矢は思い直したらしい。

「けっ、危うくガキの扇動に乗るとこだった」

「警察は、そんなガキのところに、わざわざ意見を求めに来るのか」

なおも俊一郎が煽《あお》ると、今度は最初から自制心が働いただけでなく、嫌な返しを思いついたようで、

「いえ、れっきとした立派な探偵さんの事務所に、本官はお邪魔しているつもりでございます」

「……」

「いかがなさいましたか」

「その喋《しゃべ》り方、やめてくれ」

「あらあら、お気に召しませんでしたでしょうか」

「分かった。俺の負けだ」

再び曲矢に皮肉な笑みが戻ったところで、俊一郎は尋ねた。

「しかし、新恒警部の読みが正しいとすれば、犯人は被害者をバラバラにしたうえで、その部位のどこかを持ち去ってるんじゃないか」

「ああ、そこなんだ」

曲矢は真面目な表情になると、

「最初の三人は、言わば犯人のお眼鏡に叶《かな》わなかったと考えられる。つまり服の上から、ひとりずつ胸、両腕、両足を吟味して襲ったが、実際に見てみると、自分が求めている部位とは違った。だから何もしなかった」

「なるほど」

「ただ、それじゃ連続殺人の二人の被害者はどうなるのか」

「ひとり目の萩原朝美は、頬、腕、胸、腹、太腿《ふともも》の一部の皮膚を剝《は》がれた。部位にこだわっているとは言えるけど、なぜ肌の一部分だけなのか」

「そうだ。二人目の石河希美子も、両腕だけが焼かれていない。検死の結果、犯人が細心の注意を払って、被害者を焼いたらしいと分かっている。この事実も、部位に対するこだわりと見なせる」

「未遂に終わった三人は良いとして、そのあとの連続殺人が、これでは上手《うま》くつながらないな」

「新恒は、オカルト的な儀式の可能性も疑ってる」

「それで俺のところへ？」

「何か考えはないか」

「俺はオカルト探偵じゃない」

「入谷邸の怪事件も、城北大学の学生が行なった儀式がらみの事件も、どっちもオカルトじみてただろ」

「たまたまだ」

「単なる偶然で、そんな特異な事件を二つもあつかうか」

「普段は病気や交通事故など、そういう原因で死相が表れる依頼人が、ほとんどだよ」

「そんな事件とは呼べん事例は、はなから問題外だ。いいか――」

「ちょっと待て」

俊一郎は右手をあげると、曲矢の口を封じてから、

「肝心なことを忘れてないか。俺は死相を視る探偵だ。どう考えても、この事件で出番はないだろ。最初の三人は、二度と狙われる心配がない。その後の二人の被害者は、もはや手遅れだ。これから第三、第四の被害者が出る可能性は高いし、その対象者にはおそらく死相が表れているだろう。だけど、都内の被害者候補が、いったい何人になると思う？東京中を歩き回って、俺に見つけろって言うつもりじゃないよな？」

「お前の首に縄でもつけて、警察犬よろしく夜のパトロールを実施するのも、個人的にはありかと思った」

「……」

「怒るな。半分は冗談だ」

あと半分は、本当に検討したわけだ。

「しかし、効率が悪過ぎる。それに、お前が視た死相の中から、この事件の被害者をどうやって選び出すのか。ここが問題になる」

「あとの死相が出ている人たちは、そのまま放っておくのか」

「それこそ病気や交通事故かもしれんだろ」

「殺人事件の被害者が交じっていても、別におかしくはない。不特定多数の人間を死視《しし》するわけだから」

「いずれにしろ、お前ひとりでやれることじゃない」

おそらく今回の事件の被害者候補であれば、かなり特徴的な死相が出るに違いない。犯人が女性の部位にこだわっているため、その影響が死の影にも表れるからだ。とはいえ、せめて町内レベルくらいに絞ってもらわないと、とても死視の力など使えない。それでも俊一郎が受ける負担は、かなり激しくきついものになるだろう。

「オカルト的な儀式の可能性を探るのなら、うちの祖母に頼めばいい」

「実は当たった」

「それで?」

「今、かなり大変な憑《つ》き物《もの》落としの最中らしくてな。あっさり断わられた」

「こっちは連続殺人事件の捜査だ――って、ねじ込まなかったのか」

「あの婆さんに、そんなこと言えるか」

曲矢ほど強面《こわもて》なベテラン刑事でも、祖母の機嫌をそこねるのは怖いと分かり、俊一郎はにやけそうになった。

「もちろん新恒をはじめ、他の捜査員たちも極秘に動いてる。だが俺は、入谷邸事件の真相を知り、月光荘事件の解決に立ち会って、この事件に相応《ふさわ》しいのは弦矢俊一郎じゃないかと思った。協力を求めるなら、お前だってな」

「急に評価が上がったんだな」

「そりゃ初対面のときよりはな」

「ここには上の命令で、嫌々来たわけじゃないんだ」

「……」

曲矢が自分を頼っていると分かり、意外にも悪い気はしなかった。ただ、協力と言っても利用されるだけではないのか、と俊一郎は感じていた。口ほど悪い人間とは思えないが、まだ全面的に信頼する気にはならない。でも、ひとつだけ確認しておきたいことがあった。

「ところで——」

言いにくそうに俊一郎が切り出すと、

「うん？　何だ？」

曲矢が身を乗り出してきた。

「これって、報酬は出るのか」

四　擬態

改札口から人がいなくなるのを待って、ようやく当山志津香は歩き出した。

用心のし過ぎかな……。

ひとりだけ取り残された格好で、駅舎をあとにする。ふと自分の行動が、こっけいに思えてくる。

でも……。

電車の中で、確かにあの視線を感じた。ここ一週間ほどは、ほとんど意識していなかった。つまり、もっと前から問題の視線はなくなっていたわけだ。それが急に、いきなり戻ってきた。

遠回りして、人通りのある道から帰ろうか……。

志津香は迷った。だが、自分の後ろには誰もいない。ここまで用心しているのだから、いくら何でも大丈夫だろう。それに今日は月曜日なのに、土日に大島夕里と遊んだせいか妙に疲れている。早く帰って休みたい。

志津香は駅前の通りからそれると、駐輪場の金網と民家のコンクリート塀の間に延びる、とても細い路地へ足を踏み入れた。

土曜日の夜は、夕里が遊びに来た。わざわざ篠増台駅への到着を七時にして、待っていた志津香といっしょに、いつも彼女が通勤で往復する道を通って、メゾン青木まで歩いたのである。

夕里が言うには、本当はもっと早く訪ねたかったらしい。八月の下旬に都内で発生した猟奇的な連続殺人が、どうしても気になったからだという。しかし、ちょうど月末で、志津香は前日の金曜日まで残業が続いていた。

「淋《さび》しいところね。それに誰もいないじゃない」

たった今、志津香が帰宅を急いでいる道を辿《たど》りながら、そのとき夕里は何度も後ろを振り向きつつ、そんな感想を口にした。

「だって、今日は土曜でしょ」

「あっ、そうか。いつもとは違うのか」

「夕里探偵、現場検証する日を間違えたわね」

「いいの。どんな道をあなたが歩いてるのか、それを確かめるのが目的なんだから。それにしても、よりによってこんな場所を……」

夕里がぼやくのも無理はない。駐輪場の金網が終わると、路地は直角に左へと曲がり、いきなり右手が竹藪《たけやぶ》になる。左側は民家の塀がそのまま続くため、そこは昼間でも少し薄暗くて淋しい場所である。

「第一のチェック・ポイントは、ここね」

彼女は竹藪を指差しながら、

「あの中で待ち伏せされて、強引に引きずり込まれる危険がある。まだ駅に近いからって安心できないわね」

その言葉を思い出し、ちらちらと志津香は竹藪を見やりながら、せまい路地を急ぎ足で進んだ。

夕里の指摘はもっともだったが、竹と竹の間は思ったよりも見通せる。誰かが潜んでいれば、まず間違いなく目につく。仮に襲われて麻酔薬を嗅《か》がされ、竹藪に引きずり込まれたとしても、通行人さえあれば簡単に見つかり、すぐに通報されるだろう。

けど、用心する必要はある……。

突き当たりまで行くと、路地は右に折れている。竹藪はビニールハウスが並ぶ畑地へと変わるが、道沿いには樹木が垣根のように続くため、緑の壁という印象は同じだ。

一方のコンクリート塀は、メッキのはげた波打つトタン塀となり、急にみすぼらしくなる。その向こう側には荒れた庭と陋屋《ろうおく》のような家が、トタンのところどころに開いた穴から見えるため、よけいに荒れた感じを受ける。

「なんかここ、怪しくない？」

さっそく夕里が反応した。

「そういう雰囲気だけど……」

「ホラー映画で、いかにも殺人鬼が住んでいそうな家よね」

「ちょっと、家の人に聞こえるじゃない」

「あっ、ごめん」

彼女は苦笑いを浮かべると、

「住人はいるの？」

「週末の昼間に通ったとき、洗濯物が見えたから……たぶん」

「じゃあ、安心か。むしろ、向かいのビニールハウスの方が危険かも」

「手前に木があるせいで、ここからだとよく見えないしね」

「そういうこと。あれが第二のチェック・ポイントね」

夕里が指差したビニールハウスに注意しながら、志津香が急ぎ足で歩いていたときだった。後ろの方から物音が聞こえてきた。

カッ、カッ、カッ……。

誰かがこちらに近づいて来る、それは足音だった。

駅で最後まで残って、この道に入ったはずなのに……。

どうして後ろから来る人がいるのか。どこからその人は現れたのか。と思ったとたん、ぞっと背筋が震えた。

カッ、カッ、カッ……。

まるで追い上げるかのように、足音は最初の直線を進んでいる。たちまち曲がり角まで達し、今にも志津香のいる道へ入って来る、そんな勢いがある。

カッ、カッ、カッ、カッ、カツ、カツ……。

曲がった！

急に足音の響きが大きくなった。と同時に速度が落ちた。今は志津香の数メートル後ろを、ゆっくりとした足取りで歩んでいる。

　カツ、カツ、カツ……。

　なぜ歩くのが遅くなったのか。角を曲がって、この道に入り、彼女の後ろ姿を目にしたとたん、どうして歩調が変わったのか。

　振り向いてみる？

　そこにどんな人がいるのか、志津香は確かめたくて仕方なかった。しかし、目にしたくないものが見えるかもしれない。そう思うと怖くて、とても振り返れない。それに足音の主が、もし自分のあとを尾《つ》けているのなら、こちらに気づかれたと分かった瞬間、一気に襲いかかって来るのではないか。

　このとき彼女の脳裏には、自分を目がけて細い路地をずずずずっと駆けて来る、何か得体の知れない化物の姿が、まざまざと浮かんでいた。ただし、肝心の化物は真っ黒な影で、その正体は分からない。

　そんな馬鹿な……。

　子供のような想像だと思う。でも、恐怖心は一向に去らない。

　よし。次の曲がり角の手前で、振り返って確かめよう。

　前方に見えている角で、路地は再び左へ曲がっている。そこから畑地は駐車場に、トタン塀はアパートの金網に変わる。なおも道は延びているが、駐車場の向こう側には住宅が並ぶ。こちらに背を向けているのが難点だが、声を出せば聞こえるだろう。アパートは空室が目立つが、無人というわけではない。それに走って路地を突っ切れば、その先は住宅地がしばらく続く。

志津香は決心すると、数メートル先の曲がり角を目指した。ともすれば早足になるのを抑え、自然に見える歩調を保つ。そのせいか、なかなか角が近づかない。なのに後ろの足音は、確実に距離をつめている気がする。

カツ、カツ、カツ……。

ゆっくりな歩みに変化はないのに、ふと気づけば真後ろに立たれているような、そんな恐怖感に囚《とら》われてしまう。

ただの錯覚よ……。

頭では理解できていても、身体は違った。特に首筋から腰にかけて強張《こわば》っている。ぞっとするほど冷たくて硬い鉄板を背負っているみたいだ。

カツ、カツ、カツ……。

ますます近づいている感じがする。このままでは角を曲がる前に、追いつかれるかもしれない。

あと二、三メートルというところで、志津香は我慢できずに、思わず後ろを振り返ってしまった。

えっ……。

路地の半ばくらいの地点を、ＯＬ風の女性が歩いていた。右手には携帯電話を持ち、左手には白いビニール袋をさげている。メールでも打っているのか、一心に携帯を見つめており、志津香など眼中にない様子である。

彼女の他には、誰もいない……。

女性が持つビニール袋から、駅前のスーパーに寄っていたらしいと分かる。そこで買物をしていたから、志津香よりも先に改札を出ながら、こうして彼女の後ろを歩くことになったのだろう。そう思って眺めると、歩き方も普通である。

神経質になり過ぎてる……。

安堵感《あんどかん》を覚えると同時に、どっと疲れが出た。

そのとき、ふっと女性が顔を上げた。いぶかしそうに志津香を見ていたが、はっと身体を震わせ、慌てて後ろを振り返った。

志津香は女性が向き直る前に、その場から早足で立ち去った。角を曲がってからは、少し小走りしたほどだ。もちろん恥ずかしさからである。

あの女性にしてみれば、前を歩いていた女が知らぬ間に立ち止まり、じっとこちらを見つめている。どうしたのだろう……と考えて、自分ではなく後ろから来る何かを凝視しているのでは……と、きっと思ったのだ。だから、あんな反応をした。

悪いことしたなぁ。

おそらく女性は訳が分からず、怯《おび》えているに違いない。歩調をゆるめて耳をすましたが、まったく足音が聞こえないことから、志津香と距離を取るつもりなのだろう。

危ないヤツって見なされたかも……。

また帰りがいっしょになったら、ばつが悪いなと思っていると、キィキィッという今度は耳なれた音が聞こえてきた。

お巡《まわ》りさんの自転車だ！

この路地では痴漢の被害が多かったらしく、よく巡回する姿を見かける。これであの女性も安心して帰路につける。そう考えた志津香は、再び足早に歩き出した。

ここまで神経過敏になっているのは、土曜の夜、この道を通りながら夕里とした会話のせいである。

「最初の事件はさ、怖いしひどいし気色が悪いとは感じたけど、どこかの頭のいかれた野郎の犯行だろうと思ったの。だから、それほど私も気にならなかった」

住宅地に差しかかったところで、彼女が肝心の話をはじめた。

最初の事件とは、吉祥寺の井の頭公園内のトイレで殺害された若い女性のことで、顔や腕など身体のあちこちの皮膚が、剝《は》ぎ取られていたという。

「警察も、動機は怨恨《えんこん》だって見ているみたいで。そうなると犯人は、被害者と顔見知りの可能性が高くなるから、例の女性襲撃事件とは関係ないと思ったの」

「うん……」

「けど、二つ目の事件は、例のフェチ野郎の仕業かもしれない」

やはり若い女性が、谷中霊園内で殺害されたのだが、被害者は身体の中で両腕だけを残して、あとは強い酸で焼かれていたという。

「腕だけを焼かなかったから?」

「そう。いかにもフェチ野郎っぽいじゃない」

「でも……」

「いきなり人殺しをするのか——ってこと?」

「あまりにも極端だと思う」

「確かにね。それで多崎さんの意見を訊《き》いてみたんだ」

「迷惑じゃないのかなぁ……」

こちらが勝手に、しかも一方的に頼っているようで、志津香は少し心苦しかった。

「大丈夫よ。こういう話は、本人も好きなんだから。〈マーダーズ・ファイル〉企画を自分で立ち上げる前は、上からの命令で美術全集やエステ関係のシリーズをやらされてて、彼も内心では腐ってたの。だから今は、もう生き生きとしてる」

「あのエステのシリーズは、とても売れたのにね」

「彼の前で、その話はしちゃ駄目よ」

夕里は真顔で釘《くぎ》を刺すと、

「お前は女みたいに綺麗《きれい》な顔をしてるんだから、こういう企画がお似合いだろうって、あのハゲデブ部長に押しつけられたの。なのに本が売れると、ハゲデブは自分の手柄にしたのよ。信じられる？」

「ひどい……」

「だから多崎さん、今は絶好調なの。で、彼が言うには、襲撃事件と殺人事件では、あまりにも違い過ぎるって。とても同じ犯人とは思えないって。ただ両方に共通しているのは、犯人の性的嗜好《しこう》だって」

「フェチってこと？」

「うん。どちらもフェティシズムが感じられる。この言葉の本来の意味って、呪物《じゅぶつ》崇拝なんだって。つまり両方の犯人にとって、ひとりの人格を持った女性には意味はなく、ひとつずつの部位のみが、彼らの性的な崇拝対象になるそうよ」

「嫌だ、気持ち悪い……」

「吉祥寺と谷中の事件は、同じ犯人かもしれないって。手口が似ているらしいの。薬か何かを使って、まず被害者の自由を奪っている点や、生きたまま皮膚を剥いだり焼いたりしているところが……ね」

志津香は気分が悪くなってきた。せっかくの土曜日の夜、友だちが遊びに来たというのに、いったい自分たちは何の話をしているのか。

しかし、夕里は気にした様子もなく、むしろ熱心に喋《しゃべ》り続けた。

「そこで多崎さん、襲撃事件の被害者にも、やっぱり薬らしきものが使われていたなって言い出して」

「えっ、それじゃ――」

「同じような性的嗜好を持つ男は、いっぱい存在すると思うけど、だからといって誰もが犯罪者になるわけじゃない。それに多くの場合、そこまで突きつめたフェチではなくて、ひとりの女性に対する興味も普通にある。つまり、あくまでも性癖のひとつに過ぎない。そういう男性がほとんどだって言うの」

「そ、そりゃそうでしょうね」

「だから同じ月に、ほとんど連続して、二人の似た嗜好を持つ犯人が、それぞれ事件を起こしたと見るのは、ちょっと無理があるかもしれない。襲撃事件の犯人が、その後まったく女性に手を出していないのも、同一犯と考えると説明がつく。そんな風に多崎さんは考えを変えたみたい」

「どちらの事件でも犯人が、女性の身体の部分にこだわってるのは分かったけど、動機は何なの？」

犯人の現場での行動が、どうしても志津香には理解できなかった。

「それは、多崎さんも謎だって。おそらく犯人なりの理由が、論理があるんだろうって」

「論理……？」

「やってることが無茶苦茶に見えても、犯人自身はちゃんと筋を通しているし、その訳が分かれば、私たちでも納得できるそうよ」

「私は無理……」

志津香が首を振ったところで、二人は住宅地の中を通る道からそれた。

そのまま少し進むと、ようやく車が走れる幅くらいの、段丘沿いの道に出る。右手は低いながらも崖《がけ》で、左は鬱蒼《うっそう》と茂った雑木林が続いている。真夏でも、どこかひんやりとした場所である。

「な、何なのよ、ここは？」

「えーっと、何とか崖線《がいせん》って呼ばれてる場所で——」

「そういうことを訊いてるんじゃなくて、どうしてこんな淋《さび》しいところを通るわけ？」

「だって近道だから」

そう志津香が答えると、夕里は呆《あき》れたように、

「もっと用心した方がいいって。いくら何でも無防備だよ」

「でも、崖の下には家が建ってるし、雑木林の中には、ほらっ、お寺があるの」

街灯に照らされた薄暗い道を歩きながら、志津香は両側を指差しつつ説明した。しかし夕里は、まったく認められないとばかりに、

「これじゃ、誰かが駆けつけるにも時間がかかって、すぐ助けてもらえないでしょ」

「うーん……」

「悪いこと言わないから、別の道にしなよ」

「そうね……。あっ、多崎さん、私のことは？」

自分が感じている厭《いや》な視線のことを、いったい彼はどう考えたのか。それを志津香は知りたかった。

「視線の件だけで、あなたも同じ犯人に狙われていると決めつけるのは、さすがにできないって」

「やっぱり……」

「いたずらに志津香を脅かすことも、彼としては避けたいでしょうしね」

「うん」

「ただ、多崎さんが気にしたのは、三人のうち視線を感じた二人の女性も、あなたも、後ろを振り返ったとき、それらしい人物がいなかった、と言ってることなの」

「えっ、ほんと？」

この薄気味の悪い事実は、志津香も大いに気になっていた。だから多崎が反応したと聞かされ、ちょっと興奮した。

「彼は、どう言ってた？」

「あくまでも海外の、シリアル・キラーの例だと断わったうえで——えっとシリアル・キラーって、連続殺人鬼のことよ。この手の犯人は被害者に近づくのに、何らかの擬態を用いる場合が多いんだって」

「ぎたい？」

「ほら、虫なんかがさ、自分を葉っぱに見せかけて、鳥に狙われないようにするでしょ」

「ああ、あれね」

「それと似たことを、シリアル・キラーたちもやるらしいの」

「つまり変装するの？」

「そういう直接的な方法を取る場合もあるけど、多崎さんによると、もっと心理的なものなんだって。要は、まさかこの人が……っていう振りね」

「それは……、泥棒とかでもそうじゃない。いかにも怪しい犯罪者なんて、普通はいないでしょう？」

夕里はじれったそうな表情で、

「あのね、シリアル・キラーって何人も、殺人鬼によっては何十人も人殺しをしているのよ。にもかかわらず新しい犠牲者の前では、まさかこの人が……っていう振りが、いつでもできる。これ、よく考えると凄《すご》いというか、とても怖いことじゃない？」

　彼女の言葉が少しずつ、志津香の心に広がっていった。それにつれて次第に、心理的な擬態の恐ろしさが分かりはじめた。気がつくと首筋が粟立《あわだ》っていた。

「ど、どうすればいいの……？」

「どんな人物であろうと、簡単には信用しないこと」

「そんな……」

「難しく考える必要はないわよ。別に仕事や日常生活で、志津香に関わる人を、すべて疑えっていうんじゃないんだから。会社からの帰り、特に篠増台駅からメゾン青木までの道で、あなたに近づきそうな人だけを注意すればいい」

「あっ、そうよね」

「それと念を押すけど、帰り道の選択にも――あれって？」

　夕里が突然、前方の雑木林を指差した。

「ひょっとして、人が住んでいないとか」

　道から少し引っ込んだところに、すべての雨戸を閉ざした一軒の家が見える。

「さぁ……。そう言えば、いつも雨戸は閉まったままだと思う」

「廃屋ってほどじゃないけど、無人みたいね」

彼女は第三のチェック・ポイントとして、その一軒家を選んだ。

土曜の夜の夕里との会話を回想しているうちに、次第に志津香は怖くなってきた。あの夜も同じような恐怖を味わったわけだが、横には彼女がいた。そのまま泊まる予定だったので心強くもあった。だが今は、たったひとりで、誰もいない淋しい道を歩いている。帰宅しても、ひとりは変わらない。

やっぱりシマシマと住むんだった……。

ふと実家の愛猫を思い出す。東京で就職して、新しい部屋を捜したとき、ペットが飼える物件も検討した。しかし、どうしても予算がオーバーしてしまう。それで泣く泣くあきらめた。

あの子が部屋で待ってるなら、もっと明るい気分になれるのに……。

これまでにも会社帰りに、似た思いを抱いたことは何度もある。だが、今ほど切実に感じた覚えは一度もない。

ちょうど前方に、夕里が第三チェック・ポイントに指定した無人の家が近づいていた。相変わらず雨戸は閉まったままだが、どこかの隙間から何かが、こちらをじっと覗《のぞ》いているような気がする。そう考えたとたん、二の腕に鳥肌が立った。

志津香は慌てて携帯を取り出すと、夕里に電話をかけた。

ちょうど彼女も帰宅の途中で、駅からの道を歩いているころだ。メゾン青木に着くまで、お喋《しゃべ》りの相手になってもらおう。

そのとき、自分に迫って来る何かの気配が、背後から一気に伝わってきた。ぐわーっと彼女の背中を目がけて、何かが襲いかかって来る感じが……。

とっさに振り返った志津香は、ぬっと目の前に立つその人物を見て、ようやく悟ることができた。

忌まわしい視線の主の姿が、なぜ見えなかったのか……。

だが、残念ながら遅過ぎた。すぐに志津香の意識は、真っ暗な奈落《ならく》の底へと落ちていったからだ。

ようやく気がついたとき、そこで彼女を待っていたのは本物の地獄だった。

独白

六蠱《むこ》の軀《からだ》……。
ためらっていると、黒衣の女が訪れた。
手紙の差出人かと訊《き》くと、違うと言う。
そのお方は黒術師様だ、と教えられた。
黒衣の女の話を聞いた。
目の前で黒術師の力を、まざまざと見せられた。
本当に可能なのだ、六蠱の軀は……。
理想の女性像を創ることができるのだ。

五　六蠱の軀

弦矢俊一郎は、曲矢の依頼を受けることにした。もっとも依頼といっても、かなり漠然としている。猟奇連続殺人事件の犯人の動機を、オカルト的な見地から探ること。それが彼の役目だった。

これは死相を視る探偵の仕事か……と、さすがに迷った。だが、かといって他に適任者がいるとも思えない。もちろん彼が、そんな心配をする必要はまったくない。社会正義のために引き受けようなどという考えが、自分には欠如しているらしいと、改めて認めたほどだ。

探偵事務所を開く前や、入谷邸の怪事件に関わっていたときに比べると、少しは他者を思いやる心が芽生えている気はする。だが、それは実際に彼と接した人物にのみ、まだ限られていた。

にもかかわらず俊一郎が、この依頼を引き受けたのは、ある予感のようなものが働いたからだ。

猟奇連続殺人には、黒術師が関与しているのではないか。

そう疑った理由のひとつは、事件の歪《いびつ》さである。犯人の狂気を表す何よりの証拠かもしれないが、そこには闇の力も感じる。個人レベルの邪悪さだけではなく、もっと大きな死の影の存在を覚えるのだ。

二つ目の理由は、事件から漂う儀式性にある。新恒警部は気づいているようだが、萩原朝美と石河希美子が受けた残虐な行為からは、明らかにその臭いがしている。しかも肝心の儀式は、おそらく未完成に違いない。

曲矢に言わなかったのは、何の証拠もなかったうえに、たとえ相手が刑事であれ、黒術師の噂を広めることを、俊一郎がためらったせいである。

いっさい表には出てこないが、この二十一世紀の日本において、呪いによって人に不幸をもたらす……という呪術《じゅじゅつ》を生業《なりわい》とする者が、実は秘《ひそ》かに存在していた。そんな商売がなぜ成り立つのかと言えば、残念ながら需要があるからだ。特定の相手を病気にしたい、怪我を負わせたい、事業を失敗させたい、家財に損失を出させたい……と望む客が、あとを絶たないためである。

依頼人のほとんどは、いわゆる富裕層だという。莫大《ばくだい》な代価を支払う経済力を持つだけでなく、人を呪ってまでも何かをなしたいと願うようになるのは、ある階級以上の人種に見られる特徴なのかもしれない。

ただ、こういう呪術者であっても、めったに殺人は請け負わない。いくら依頼人が金を出そうとも、呪いによる殺しは避けたがる。どうしてもという場合は、相手を不治の病に罹《かか》らせるか、交通事故に遭遇させる。つまり、あとは運に任せるわけだ。よって確実に息の根を止められる保証はなく、それでは満足しない依頼人もいるらしい。

呪術者たちが人殺しを厭《いや》がるのは、もちろん罪悪感からではない。呪い殺すという行為そのものが、術者の命を危険にさらすためである。どれほど大金をつまれても、これでは慎重にならざるを得ない。

ところが、呪殺を絶対に断わらない者がいる。むしろ積極的にすすめる。それだけでなく向こうで依頼人を捜して、ある日いきなりコンタクトを取ってくる。当然、相手は驚き警戒するが、すでに自分の邪《よこしま》な願望を見抜かれているため、そのまま顧客になってしまう。これが黒術師と呼ばれる人物だった。

その正体は、まったくの謎に包まれている。依頼人でさえ、直接は会えないらしい。基本的には手紙か電話かメールで接するだけで、仮に声を聞けても老若男女の区別はいっさい分からないという。

俊一郎の祖母は昔から、悪質な呪術者たちとも闘ってきた。被害者から相談を受け、呪いの中身を吟味した結果、呪詛《じゅそ》返しを行なったこともある。そういった経験から祖母は、この手の呪術者の顔触れについて、ほぼ把握していた。なのに黒術師だけは、別だった。

祖母でさえ、まったく正体がつかめていない。

あまりにも非現実的な存在のせいか、これまで一種の都市伝説と見なされてきた節がある。一般の人々の間でではなく、ある階級以上の人種の一部でと、この業界内部においてだったが……。

そんな黒術師が動きはじめた——と感じさせる事件が、今年の春ごろから急に起こりはじめた。もちろん本人が表に出ることはない。おそらく裏で糸を引いているのではないか、と思われる奇っ怪な人死にが増え出したのだ。

祖母だけでなく、その影は俊一郎の上にも落ちた。辛うじて事件は解決したが、黒術師には一歩も近づけなかった。次々と命を落としていく人々の背後に、真っ黒な影が感じられただけで、暗闇の一端に触れさえできなかった。ただ、その実在を確実に体感したことだけは間違いない。

あのときの忌まわしい感覚が、今回の猟奇連続殺人事件にも潜んでいる。そう思えてならない。

曲矢が探偵事務所を訪ねて来たのも、偶然ではないような気がする。刑事がそうすると、黒術師には分かっていたのだ。もし彼が接触しなかった場合、きっと別の形でこの事件に関わるはめになったのではないか。それが黒術師の意思なのだ、と俊一郎は思った。いや、悟ったと言うべきか。

ここで逃げても、否応《いやおう》なく巻き込まれる。だったら相手の挑戦を受けてやる。連続殺人を止めて、おぞましい儀式を阻止するのだ。

この気持ちに嘘はなかったが、ちゃんと報酬が出ると分かり、ほっとしたのも事実だった。それも税金のかからない、請求書も領収書も存在しない、ある組織が有する特別な資金から支払われるらしい。曲矢は何も言わなかったが、たぶん警察組織の一部だろう。つまり未払いなど、まずあり得ないわけだ。

曲矢についても、少し見直したところがあった。事務所内は禁煙なのに、勝手に煙草を吸う行為は相変わらずだったが、携帯用の灰皿を持っていたのには驚いた。ああ見えて意外と、繊細な一面もあるのかもしれない。

おかしかったのは、曲矢が帰るときである。奥の部屋にいた僕が、わざわざ見送りに出て来た。珍しいなと思ったが、刑事は無視をしたまま、俊一郎に軽くうなずくと、そのまま出て行った。ちょこんと扉の前に座った僕が、さすがに可哀想になる。とそのとき、そうっと扉が少しだけ開くと、すっと片手が出て、さっと僕の頭をなでると、ぱっと引っ込んだ。ほんの一瞬の出来事だった。

声を殺して笑う俊一郎を見上げながら、にゃん？　と僕が鳴いた。曲矢に対する評価が劇的に変わった瞬間だ。声に出して笑わなかったのは、まだ廊下にいる彼に聞こえるからだった。まぁ武士の情けのようなものである。

「さて、どうするか」

僕に話しかけるように、俊一郎はつぶやいた。

事件の呪術性を探ると言っても、できることは少ない。とりあえず取りかかれるのは、被害者が受けた残虐で意味不明な行為から連想される呪法が存在しないか、それを調べるくらいである。

「図書館に行って分かる代物じゃないよな」

書物に載っているにしても、かなり特殊な専門書だろう。そんな本は、国会図書館でも所蔵していないに違いない。

「ということは、その道の大家に訊《き》くしかないわけか」

しばらく俊一郎は考えていたが、ふうっと溜息《ためいき》をつくと、

「駄目だ……。やっぱり祖母《ばあ》ちゃんしかいない」

当然だよ、というように僕が鳴いた。

杏羅の弦矢家に電話をすると、知らない女性が出た。どうやら祖母の信者＝ファンらしく、自主的に電話番をしているらしい。

「……あっ、えーっと……、ば、祖母ちゃんは……？」

いきなり赤の他人が出たことに戸惑い、俊一郎はしどろもどろになってしまった。

「失礼ですが、どちら様でしょうか」

「……あ、あのぅー……」

「もしもし？」

「お、俺ですけど……」

「……」

「祖母ちゃんに代わってもらえば——」

「あなた！　オレオレ詐欺ね！」

「へっ……」

「どなたに電話したと思ってるの！　よくもまぁ……罰当たりな！」

「い、いや……」

「愛染様のお怒りをかって、地獄に落ちるがいいっ！」

こんな人に電話番をさせるのは、かなり問題だろうと呆《あき》れつつ、携帯にかけ直そうと俊一郎は思った。彼自身は、めったに携帯を使わない。そのため、ほとんど祖父母とのホットラインになっている。

電話を切ろうとして、向こう側が騒がしくなった。電話番の女性が、「愛染様、オレオレ詐欺師からです」と説明する声が聞こえる。

「祖母ちゃん！　俺だよ！」

ひときわ大きく呼びかけると、急にしーんとした。それから小声で、何やら話している気配が伝わってきた。

「質問です。はじめて愛染様が恋文をもらわれたのは、何歳のときでしょう?」

「な、何ぃ?」

いきなり妙なことを、電話番の女性が言い出した。

「あなたが、本当に愛染様のお孫さんなら、答えられるはずです」

「おいおい、孫って言葉が出てくるってことは、あんたの側にいる婆さんは、俺が誰か知ってる証拠じゃないか」

「本当のお孫さんが、愛染様を『婆さん』などと呼ぶはずがありません!」

「あのなぁ……」

「答えられないのですね? はっ、何でございましょう?」

横から祖母が、何か囁《ささや》いているらしい。

「次の質問です。愛染様が十代のころに、告白してきた男性は何人いたでしょう?」

やっていられない……と俊一郎は天を仰いだ。

「これも分からないのですね?」

「祖母ちゃんがもてたのは、よーく分かったからさ」

「言葉遣いに気をつけなさい!」

この電話番の女性が相手では、らちがあきそうにない。再び電話を切ろうとして、相手の質問を逆手に取れば良いと気づいた。

「あなた、ご存じですか」

「何をです？」

「弦矢俊作先生と結婚できたのは、愛染様が押しかけ女房をした結果だったと」

「えっ……、そ、そうなんですか」

「これは信者でも知らない、かなり極秘の――」

「アホ！　でたらめをぬかすな！」

すぐに祖母が電話口に出た。

「あっ、祖母ちゃん、元気か」

「誰が押しかけ女房やねん」

「あれ、違ったか……」

「当たり前や。あん人が、結婚してくれんかったら死ぬ……なんて言うもんやから、わたしゃ、そこまで想うてくれるんならと……。もちろん、それまでにも、わたしゃのために死ぬいう男性が、そりゃ何人もおった。思い起こせば――」

「いや、そんな話はいいから」

二人がやり合う側で、電話番の女性が、「ええっ⁉　本物のお孫さんですか。ということは、俊一郎様なのですね！」と、黄色い声で騒いでいる。

祖母が自慢話を一通り喋《しゃべ》り終え、女性もいなくなるまで、どうにか俊一郎は我慢した。

「それで、何の用や？　祖母ちゃんは忙しいねんからな」

孫をからかったり、もてた話をしたりする時間があるのにか、と言い返しそうになって、再びこらえる。祖母の機嫌をそこねては元も子もない。

「警察から、協力を求められただろ？」

「そんなもんは、しょっちゅうや」

「こっちで起きてる、猟奇的な連続殺人についてだ」

「ああ、若い娘さんが被害者の……」

祖母の口調が、急に真面目になる。

「それだよ」

「今な、四国から相談に来てはる人がいてな。こっちを動くわけにいかんのや」

「大変な憑《つ》き物《もの》だって？」

「ああ、おそらく鳥女《とりめ》やろう。これは元が巫女《みこ》いう場合があるから、なかなか一筋縄ではいかん」

「泊まり込んでの憑き物落としか」

「せや。ちょうど今、お互いの休憩や」

「それなら、手短に説明するけど――」

「その前に、あんた支払いはどうなってる？」

「ちゃんと振り込むよ」

「ほんまか。いつまでに？　なんぼを？」

「まったく商人《あきんど》か」

「ええか。世の中のすべての仕事が、お客さんのある商売や。どんな職業でも、それは変わらん。自分は違う思うんやったら、そん人は仕事をしてるとは言えん。少なくとも立派な仕事をしてるとはな。お客さん相手の商売をする以上、そこに対価が発生するんは当たり前や。仕事の内容に満足したんやったら、払うもん払うんが当然やろ。それとも何か、祖母ちゃんの調査に、お前は文句があるとでも――」

「ありません。とても役に立ちました」

「せやろ。ほなら――」

「祖母ちゃんが断わった警察の協力を、俺が引き受けたんだよ」

「……ほうっ」

そこで曲矢とのやり取りを話しつつ、猟奇連続殺人事件の詳細について説明すると共に、俊一郎は自分の考えも伝えた。

「――とにらんでるんだけど、どう思う？」

「……」

「祖母《ばあ》ちゃん、聞こえてるか」

「ああ……」

「どうした？　何か思い当たることでも？」

「反魂の術は知ってるやろ」

いきなりで驚いたが、何か関係があるのだろうと俊一郎は思った。

「死者の骨を完全に一体分そろえて、その人を甦《よみがえ》らせる呪法《じゅほう》だろ」

「そうや。西行《さいぎょう》法師が『撰集抄《せんじゅうしょう》』の〈高野《こうや》山参詣《さんさんけい》事付骨にて人を造る事〉で記してはる」

「うん」

「あれは、甦らす本人の人骨を用いるわけやけど、あんたの言うバラバラな部位の合体は、要は他人の身体の寄せ集めになるわな」

「アゾート殺人ならそうだけど、この犯人は肝心な切断を行なっていない」

「おそらく皮膚やろう」

「えっ、ひょっとして萩原朝美の？」

「これ、呼び捨てにするんやない。娘さんは七ヵ所の皮膚を剝《は》がされて、それを犯人が持ち去ってた。きっと綺麗《きれい》な肌やったに違いない」

「だから狙われたのか。でも、何のために皮膚を？」

「触媒かもしれん」

「どういう意味だ？」

「実はな、祖母ちゃんも記憶が曖昧《あいまい》やねん」

「つまり該当する呪術的儀式の、心当りがあるってことか」

「うむ……。六蠱《むこ》の軀《からだ》いう邪法のような気がするんやけど……」

祖母は漢字の説明をしたが、珍しく口ごもった。

「昔、何かの文献で読んだのか」

「いや、閇美山犾國《へみやまなおくに》いう郷土史家の老人に、かなり以前に聞いた覚えがある。こん人の専門は大蛇迂《おおだう》地方の民俗やけど、アジア全般の呪術に詳しゅうてな」

「六蠱の軀って、日本のものじゃないんだ」

「中国から伝わったと、あの爺《じい》さんは言うとったな」

「どこの人？　確認できない？」

「蛇迂郡の田舎に引っ込んでる思うけど、何十年も会《お》うてへんしなぁ。いや、その前に、もう生きてへんのやないか」

「そんな歳なのか」

「祖母ちゃんがピチピチの熟女のとき、向こうは立派な爺さんやったからな」

明らかにおかしい表現は無視して、俊一郎は話を進めた。

「その郷土史家に連絡して、六蠱の軀について詳しく尋ねて欲しい」

「正式な調査依頼か」

「そうだ。今回の報酬が出たら、これまでの分と合わせて、一括で払うから」

祖母から何か言われないうちに、と先手を打つ。

「お前も、ずいぶん交渉が上手なったな」

「祖母ちゃんに、きたえられてるからね」

「お世辞を言うんやない」

皮肉のつもりだったが、それが通じる相手ではない。

「で、特急か」

「もちろん、早い方がいい。それと祖母ちゃんが覚えている範囲で、その六蠱の軀について教えて欲しい」

「はぁ……、しゃあないな。特別サービスやで」

「恩に着ます」

「まったく調子のええ……」

ぶつぶつぼやきながらも、祖母は話しはじめた。

「この呪術はな、男の歪《ゆが》んだ性的欲望に根差しとる。誰しも異性の容姿については、理想像があるわな。せやけど実際、そこまで個人の好みに合致した容姿の人間などおらん。万一おったとしても、その一時だけのことや。加齢と共に、当たり前やが人間は老いてくからな。それにや、人を好きになるんは、やっぱりその人の心の問題が大きい」

「見た目よりも、中身が大切だからな」

「せや。まぁ祖母ちゃんのように、はじめから両方そろとるスーパーウーマンもいるわけやけど、こりゃ例外中の例外やからな」

「……」

「合いの手は？」

「はい、はい……」

「はいは元気良く、一度でよろしい」

「はい！」

「ところが、外見だけの好みを追求して、理想の女性の身体を造り出す呪法が、六蠱の軀なんや」

「女性の部位ごとに、自分の好みのタイプを集めるのか」

にわかには信じられなかった。だが、三人の女性襲撃事件は、犯人が被害者たちの部位を改めた結果、自分の好みではないと判断したため、何もしなかったのだと解釈すれば筋は通る。

そう俊一郎が伝えると、祖母は同意したうえで、

「不幸にも石河希美子さんの両腕は、犯人の好み通りやったんやな」

「偏執狂的な熱心さで、犯人は候補の女性を探し回ってるのか」

「六蠱の軀の〈蠱〉いう文字からは、蠱毒《こどく》や巫蠱《ふこ》を連想させられるよって、たくさんの女性の中から選ぶいう行為を、暗に示しとるんかもな」

蠱毒または巫蠱というのは、中国伝来の呪法の一種である。毒を持つ虫——蛇や蛙でも良い——を壺《つぼ》の中に入れ、互いに共食いをさせる。そうして生き残った最後の一匹の、強《きょう》靭《じん》な生命力を利用する呪法で、その効果は恐ろしいばかりだという。

「まず腕の候補を見つけた。確認したら合格だった。だから腕だけを残し、あとは焼いた。こんな訳の分からん行為が、六蠱の軀には必要だってことか」

「そこの肝心な部分が、どうやら記憶から抜けとるみたいでな。確かなんは、この呪法は実際の肉体がいらんことや。わざわざ部位を集めんでもええ。ただし、理想とする部位を持つ女性の、それ以外の部分を、本人が生きてる状態で焼かんといかん」

「……」

「そんときに、理想の肌を持つ女性から剝いだ皮膚を——焼かずに残したんが腕なら、同じ腕の皮膚を——使うんや」

「どう使うかは？」

「覚えとらん。おそらく部位に宿る気を、その皮膚に移すんやろう思う。依代《よりしろ》に似た役目を、これらの皮膚は担うんかもしれん。そうやって、すべての部位の気を吸わせた皮膚を用意するわけや」

「胸くそ悪い」

「これ、汚い言葉を使うんやない。こんなことするんは、くそみたいな人間やけどな」

「その通りだよ」

被害者たちとは何の面識もないのに、ふつふつとした怒りが、心の奥底から湧き上がってきた。それが俊一郎にも、とても意外だった。

「あんた、ここまでの説明で、数が合わんことに気づかんか」

「うん？」

「よーお考えてみい」

「数って、剝いだ皮膚と部位のことか……。えーっと、頰の皮膚は頭部で、両腕と両足はそのまま、胸と腹は胸部と下腹部の依代になるわけだろ。つまり皮膚は七枚ある。両腕と両足の二枚ずつを、ひとつと見なすと五種類で、五つの部位に対応する。別におかしくは……そうか！　六蠱の軀の〈六〉と、七も五も数が合っていないんだ」

「そこを、どう考えるかや」

「今ふっと思ったんだけど、五つの部位をすべて皮膚に移す必要は、ひょっとしてないんじゃないか」

「なんでや？」

「犯人に、好きな女性がいたとする。こんな犯罪をするくらいだから、片想いだ。外見だけで好きになった。顔が好みだったとしておこう。だったら頭部をのぞく四つの部位を皮膚に移せばすむ。それらを片想いの女性に移植すれば、犯人にとっての完璧《かんぺき》な異性が出来上がるわけだろ」

「その場合でも、片想いの娘さんの首から下は、きっと焼かんといかんのやろう。つまり頭の他はいらんのやからな。そうなったら結局、頭部も部位のひとつになる」

「ということは……、五つの部位の気を吸った七枚の皮膚を用意するのが、犯人の目的になるのか。けど、その皮膚をどうするんだ？」

「おそらく六蠱の軀の六つ目に、それらを使うんやろう」

「六つ目って？」

「五つの理想的な部位を移す身体やないかな」

「あっ……そういうことか。皮膚だけを持っていても、どうしようもないものな」

と納得しかけて、俊一郎は首を傾げた。

「でも祖母《ばあ》ちゃん、その身体の持ち主って、いったい誰になるんだ？　犯人にとって、どういう存在なんだろう？　すべての部位を、他人のものと取り替えるんだろ。それとも、あくまでも器として必要なだけで、誰でもいいのか。その人のものは、まったく何も残らないんだから」

「いや、せやない」

「えっ？」

「心が残るやないか」

「……」

「これまでの説明と矛盾するけどな、やっぱり心がいるんやないかな」

「……」

「すべて他人の五つのバラバラの部位を寄せ集めただけでは、ただの継ぎはぎ人形しかできんのやないか」

「もし、その考えが正しかったら、六つ目の心を提供させられる女性が、一番の地獄を見ることになるな」

拉致《らち》されて身体の自由を奪われ、気味の悪い儀式を己の裸体にほどこされたあと、気がつくと自分ではない容姿になっている。しかし、記憶も人格も元のままなのだ。そのうえ見知らぬ男が側で、「あなたは理想の女性だ」と微笑んでいる。

悪夢だ……。

その場面を想像しただけで、俊一郎は身震いした。

「仮定の話いうことで考えたら、スタイルの良い美人になって得したいう、アホな女もいるかもしれん」

「普通は間違いなく精神がやられると思うけど、そういう女がいたとしても不思議じゃないか」

「せやけどな、そんな例は、まずないやろな」

「どうして?」

「五つの部位は外見だけにこだわっとるが、ほんまに六つ目が心やったとしたら……。どんな女性を犯人が選ぶんかは、そら分からん。ただ、六蠱《むこ》の軀《からだ》を平気で受け入れるような心の持ち主を、わざわざ犯人が好むやろか」

「なるほど。こんな身勝手なことを本気でする犯人なら、男に従順で優しく、大人しそうな女性を選ぶ可能性が高いわけだ」

「犯人はどこのどいつか、それを突き止めるんも大事やが……。根本的な問題はや、どっから犯人は六蠱の軀なんていうもんを知ったんか、やな」

「黒術師……」

「せやろな」

「やっぱり祖母ちゃんも、そう考えるか。けど、どうやって犯人は接触して——」

「逆や。向こうから犯人へ、おそらく一方的に六蠱の軀を教えたんや。黒術師にとっては、誰でも良かったんや思う。要はそういう欲望を持ってて、ほんまに実行するだけの狂気も秘めとる候補者を見つけ出して、何らかの方法で接触したんやろう」

「そいつが駄目でも、代わりはいるってことか。とにかく誰かが実際に動き出すまで、次々と犯人候補に接触したのかもな」

「そうも考えられる。けど、相手は黒術師や。最初から優秀な候補を選んで、あとは押したんやないかな」

「押す？」

「罪悪感、恐怖感、倫理観など、とにかく計画の邪魔になる感情がすべて消え去るほど、その男が秘めている狂気の部分を強く押したんや。黒術師の力やったら、普通の人にでも人殺しをさせるんは可能やろ。まして相手には、はじめから邪《よこしま》な気持ちがあるんやから、こんな簡単なことはない」

「犯人の行為は、もう止められないわけか」

「捕まるか、六蠱の軀が完成するまで、女性の襲撃と猟奇殺人は続くやろう。今や黒術師でさえ、きっと制止でききんと思う」

「殺人鬼をひとり誕生させて、あとは高みの見物ってわけか」

　まったく黒術師らしいやり方である。

「警察には教えるべきかな？」

「その曲矢いう刑事さんには、ちゃんと言うといた方がええやろ。どっちにしろ上の方は、もう知っとるからな」

「黒術師の存在を？」

「そりゃそうや。正体と所在を突き止めようと、特別な機関が動いとるらしいけど、何の成果も上がってへんみたいでな。むしろ犠牲者が出とるくらいで……」

　にわかには信じられない話だったが、こんな嘘を祖母がつくはずもない。俊一郎の知らぬ間に、とても巨悪な存在へと、黒術師は変化を遂げていたのだ。

「色々と参考になった。ありがとう」

「ほうっ、素直に礼を言えるようになったか」

「まぁな」

「今回のような事件は、警察の機動力がものを言うやろ。せやから、お前の出番はないかもしれん。その分せいぜい曲矢刑事に、知恵を貸すことや」

　それから祖母と話したいという僕と少し代わってから、俊一郎は電話を切った。

　僕はしきりに、友だちの行方不明を訴えていた。ぶくぶく猫のメタルのことだ。それでも祖母の声が聞けて満足したのか、今はソファの上で丸くなっている。

「僕、あのデブ猫捜しは、この事件が片づいてからだ」

　声をかけても、まったく反応がない。何か有益なアドバイスを、祖母からもらったのかもしれない。

　すぐに俊一郎は、曲矢に連絡した。六蠱の軀について説明すると、祖母から仕入れた情報のせいか、意外なほどあっさり受け入れた。もっとも、そんな呪術《じゅじゅつ》が成功するとは思っておらず、犯人の動機さえ分かれば良いと考えているのかもしれない。

「問題は、被害者になりそうな女性たちに、この事実を伝えようがないってことだ」

「警察の見解として発表は……できないか」

「当たり前だ」

だが、曲矢の心配をよそに、六蠱の軀という呪法は日本中に、あっという間に広がることになる。

犯人がインターネット上に、犯行声明文を流したからである。

六　襲　撃

大島夕里は、まだ後悔していた。いや、いくら後悔してもしたりない。もっと自分が真剣に当山志津香の心配をしていれば、あんな惨《むご》い方法で殺されずにすんだのだ。

志津香の相談を、決して軽く考えていたわけではない。同じ年ごろの女性として、その不安は充分に理解しているつもりだった。だからこそ話も聞き、アドバイスもし、篠増台の駅からメゾン青木までの道も歩いたのだ。

ただし心のどこかで、探偵ごっこをやっている感覚が、まったくなかったとは言い切れない。

この件で多崎さんとお話しするのを、やっぱり私は楽しんでた……。

そう思うと、とてつもない自己嫌悪に陥った。まるで彼に会いに行く口実として、志津香をだしにしていたような気分になる。

福島で行なわれた葬儀には出席したが、彼女の両親と弟には、まともに顔を合わせられなかった。「私のせいです」と今にも口にしそうで、とても追いつめられた精神状態だった。それが今週末になっても、まだ続いている。

先週の月曜日の七時十五分ごろ、志津香の携帯から電話があった。すぐに切れてしまったので、こちらからかけ直した。しかし、コールは鳴っているのに一向に出ない。しばらくしてから再びかけると、今度は留守録になっている。妙だなと思ったが、その日は学生時代の友だちと会う約束があったので、そのままにしてしまった。

翌日の昼休み前に、経理部の先輩から内線が入った。志津香が無断欠勤をしているという。二人は仲が良いので、何か知らないかと思って連絡してきたらしい。

このとき夕里は、物凄《ものすご》く厭《いや》な予感を覚えた。だが、さすがに警察への連絡はためらった。いたずらに騒ぎを大きくして、個人的な事情があった場合はまずいからだ。

それでも多崎には相談すると、

「今日は早く退社できるので、帰りに篠増台へ寄ってみるよ。僕も相談を受けた責任があるからね」

そう言ってくれた。もちろん夕里も同行を申し出た。

駅には七時半ごろに着き、いつも志津香が通る近道を歩いた。午後から何度も電話を入れたが、ずっと留守録である。歩きながら多崎に、その前の土曜の夜に志津香とした会話の内容を伝えた。

「防犯という面では、確かに危なっかしい道だね」

彼も不安になったのか、かなり早い足取りでメゾン青木に向かったため、駅から十数分で着いてしまった。

だが、彼女の部屋のインターホンを何度押しても、一向に応答がない。

「大家さんに連絡しましょうか」

「そうだな……」

「事情を話せば、合鍵《あいかぎ》で開けてもらえるかもしれません」

「彼女が部屋の中で、動けない状態にあると？」

「……分かりません」

多崎は少し考え込んでいたが、駅から来た道の方を急に振り返ると、

「念のために、三つのチェック・ポイントを調べてみよう」

「えっ……」

「ここに来るまでの間、実はずっと気になってたんだ」

そこで雑木林に建つ無人の家屋を、まず最初に覗《のぞ》くことになったのだが……。

空家の中に志津香はいた。

むっと鼻をつく肉の焦げる臭いと……、
しばしばと目が痛くなるこもった空気の中に……、
すべての着衣を剝《は》がれた全裸の彼女が、ごろっと横たわっていた。

それが志津香だと分かったのは、胸部を目にしてだった。

両の乳房をふくむ胸部だけを綺麗《きれい》に残して、彼女は焼かれていた。

いくつもの雨戸の隙間から差し込む街灯の光の中で……、
ふっと暗がりに真っ白な女の胸だけが……、
まるで転がっているように見えた。

「志津香……」

その場で夕里は嘔吐《おうと》した。

「ま、まさか、本当に……」

ガタガタと横で多崎が震えている。

二人は転げるように家を出ると、急いで道まで戻り、彼が携帯で警察に通報した。

夕里たちは警察署に連れて行かれ、別々に事情を訊《き》かれた。とても詳細に、かなり執拗《しつよう》に、何度も同じ質問を受けた。友だちの姿が見えないからといって、いきなりあの家を調べたことが、どうやら警察には不審に映ったらしい。ほとんどパニック状態だった彼女が、まともに喋《しゃべ》れなかったため、この疑いを解くのが大変だった。

しかし、次第に落ち着きを取り戻した夕里が、志津香が感じていた忌まわしい視線と、都内で起きている女性の襲撃事件および猟奇連続殺人を、自分たちが結びつけて考えていた事実を説明すると、ようやく刑事たちも納得した。それでもパトカーで世田谷の〈グリーンコーポ〉まで送られたときには、午前零時になろうとしていた。四時間近くも警察にいたことになる。

マスコミは、萩原朝美と石河希美子に続く第三の被害者か、と志津香の事件を大きく報道した。だが、警察は依然として、連続殺人という見方には慎重だった。本当に確証がないためか、捜査上の一手段なのかは分からなかったが、非常に曖昧《あいまい》な見解をくり返すばかりである。

ところが、今週になって、犯人だと名乗る人物の犯行声明文が、インターネットのとある掲示板に掲載された。それまでにも似た書き込みはあったらしいが、どれもが低級な悪戯《いた》《ずら》と分かる内容だったのに比べ、これは本物と見なされた。被害者の自由を奪うために使用された薬の、かなり特別な成分について明記されていたからだという。
問題の犯行声明文は、犯人の正気を疑うような内容だった。

理想の女性〈六蠱《むこ》の軀《からだ》〉を創造する！
私は己の嗜好《しこう》に忠実に、理想の女性を造り上げるつもりだ。
それには私の厳しい鑑識眼に合格した、五つの部位が必要になる。
すなわち頭部、両腕、胸部、下腹部、両足である。
すでに私は、両腕と胸部を手に入れた。
これから残りの三つも、ひとつずつ捕獲する予定だ。
五つの部位がそろったところで、とある身体に移し代える。
そのとき、私の理想とする女性が誕生する。
それが六蠱の軀だ。
世の女性たちよ。
どうか私のために、あなたの優秀な部位を提供して欲しい。

六蠱

この〈六蠱〉と名乗る犯人の存在は、あっという間に日本国中に広まった。下は高校生から上は五、六十代まで、多くの女性が恐怖に震え上がった。都内だけではない。都市部だけでもない。とにかく女性のいる地域で――ということは、ほとんどの場所で――ヒステリックな反応が次々と起こりはじめた。

まず交番や警察署に、保護を求める女性たちが殺到した。自分は狙われているに違いない、そう訴える者が続出したのだ。この騒動に対して、あるニュース番組の司会者が「自意識過剰ではないか」と発言したため、番組を降ろされる一幕もあった。

それから六蟲を捕まえたという通報が、全国あちこちで相次いだ。逮捕した側はたくましい中年の女性か、若い女の集団で、逮捕された側はオタクっぽい男子学生か、若い普通の勤め人や無職の男性が多かった。もちろん全員が冤罪《えんざい》である。

また、残業を嫌がって定時に退社する女性が増えたため、一部の業種では男性の雇用が急激に良くなるという皮肉な現象も現れた。

そんな風に世間の女性たちが反応すればするほど、夕里は憂鬱《ゆううつ》になった。もっと早く騒ぎになっていれば、志津香は助かったかもしれない。

彼女の遺体を発見してから、十日あまりが経ったその日の午後八時ごろ、夕里は小田急《おだきゅう》線の江素地《えそじ》駅で降り、帰宅の途についていた。いつもは駅に七時には着くのだが、新宿に寄っていたため少し遅くなった。

特に用事があったわけではない。ただ、ぶらぶらと人込みの中を歩いていただけだ。誰かに会いたいとは思わない。かといってグリーンコーポの部屋に、ひとりで帰るのも嫌だった。それで何の当てもなく、新宿をさまよっていた。だが、たちまち言い知れぬ疲れを覚え、早く帰宅して休みたくなった。

江素地は駅前を離れると、閑静な住宅街がどこまでも広がっている。一軒ずつの敷地が広いことから、ちょっとした御屋敷町の雰囲気が漂う。その一方で、相続税の問題から土地を売る人も少なくないようで、そういう場所には決まって低階層のマンションが建てられていた。

夕里が貸りている部屋も、そんな建物のひとつだった。駅の近くは家賃が高いので、どうしても十五分は歩くことになる。家々が並ぶ町中を進むとはいえ、一軒ずつの庭が大きく、それが塀や垣根で区切られているため、妙に閑散とした淋《さび》しさを感じる。ほとんどの住人が外出に車を使うせいか、ともすれば日中でも、あまり人影は見られない。志津香の近道が危険だって注意したけど、人通りのなさっていう点では、ここも同じかもね。

そんなことを考えながら、夕里が後ろを振り返ったのは、建て替え最中の大きな家の前でだった。工事車両の出入りのためか、道路側の門や塀は取り払われている。なかを覗くと、まだコンクリートが打ちっぱなしながら、ほぼ家屋の形が出来上がっていた。古い家が取り壊されるのを見たとき、てっきりマンションが建つものと思ったが、どうやら違っていたようだ。

まっ、どっちでもいいけど……。

再び歩き出しかけて、ふと夕里は足を止めた。その家の中から、何か物音が聞こえたからだ。

こんな時間まで、工事をしてる？

だが、家の中は真っ暗だった。夜間の工事なら、明かりが点《とも》っているだろう。第一こんな住宅街で、普通は夜の作業などしないのではないか。

そのとき、鋭くて短い悲鳴が、家の中で響いた。それは、若い女性の叫びのように聞こえた。

とたんに夕里の脳裏で、目の前の建てかけの家と、志津香の遺体を発見した無人の家とがだぶる。

気がつくと敷地内に入り込み、窓枠の四角い穴から中を覗き込み……唖然とした。とっさに目の前の光景が理解できず、とても頭が混乱した。

なぜか二人の女性がもみ合っている……。

あまりにも意外な眺めに、夕里は呆然《ぼうぜん》と立ちつくした。この人たちは、こんな場所で、いったい何をしているのか。自分はどうすれば良いのか。

ところが次の瞬間、あっと彼女は声を上げた。と同時に、なぜ志津香が邪悪な視線の主を見つけられなかったのか、その理由が分かった気がした。

右側の女性の片手に、左側の女性の長い髪の毛がにぎられている。いや、左の人物は女ではなかった。男だったのだ。

犯人は女装していた……。

「ちょ、ちょっと……」

ようやく夕里の声が出た。

はっと右手の女性がこちらを見た隙に、脱兎《だっと》のごとく男が逃げ出した。もちろん家の外へ向かって。

えっ、こっちに来る……。

慌てた夕里の数メートル左手を、顔をそむけた男が、物凄《ものすご》い速さで駆け抜けた。

「あっ……、こ、こらぁ！　待てぇ！」

思わず追いかけようとしたところへ、

「い、いや……、置いてかないで！」

そう懇願する悲痛な呼び声が、必死の呼びかけが、家の中から聞こえた。

「大丈夫ですか」

今は犯人を追うよりも、被害者の安否を確認すべきだ。考え直した夕里は、窓枠越しに声をかけつつ、急いで家の玄関口から屋内へと入った。

女性が床の上に座り込んでいたのは、ダイニングかリビングかと思われる広さの部屋だった。男がかぶっていた長髪のかつらを、まだ右手に持ったまま、放心しているように見える。側に小さな白いタオルが落ちていたが、犯人の遺留品かもしれないため、夕里はそのままにしておいた。

「お怪我はありませんか」

「は、はい……」

女性は三十前後に見えた。失礼だとは思ったが、しげしげと観察した夕里は、六蠱に狙われた被害者とは違うのでは……と考えた。なぜなら女性の容姿が、極めて普通だったからだ。

それに友人の志津香が殺害され、今また別の被害者の襲撃現場に自分が遭遇するなど、そんな偶然が続くものだろうか。

「あのう……」

「えっ」

自分の思考を見透かされたようで、夕里は焦った。

「ありがとうございました」

女性は丁寧に頭を下げた。礼を言いたかっただけらしい。

「い、いいえ……。そうだ、警察に連絡しないと」

「でも……」

襲われたことを恥じているのか、女性がうつむいている。被害者なのに、自分に落ち度があったと思う人が、こういう場合には少なくないらしい。

つまり彼女は、女装趣味のある痴漢に襲われたと思ってるんだ。

もう少しで夕里は、六蟲《むこ》のことを口にするところだった。しかし、いたずらに女性を怯《おび》えさせるだけだと気づき、何も言わずに家から連れ出した。

玄関口で携帯を取り出すと、110番に電話する。すぐにつながったので、女性が襲われている現場に行き合わせた、という事実だけを伝えた。オペレーターは状況を尋ね、場所の確認をすると、パトカーが着くまで動かないようにと念を押した。

「岩野奈那江《いわのななえ》と申します」

夕里が携帯を切ると、ぼそっと女性が名乗った。

「はじめまして……って言うのも変ですけど、大島夕里です。すぐに警察が来るので、ここで待ってなくちゃいけないんですが――」

襲われた現場で平気だろうか、と夕里が案じていると、

「ここ、私の家だったんです」

ぽつりと奈那江が漏らした。

「そ、そうなんですか」

てっきり連れ込まれたのだと思っていたので、夕里は驚いた。

「裏の物置は、そのままになっていて……」仕舞っていたものを、誰もいない夜のうちに取り出そうと思って……。

そこを狙われたわけだ。どうやら家庭に事情があるようだが、こんな状況で尋ねるわけにもいかない。

やっぱり六蟲とは関係ないのかな？

夕里が考えあぐねていると、タッタッタッと誰かが走っている足音が聞こえてきた。それもこちらへ近づいて来る足音が……。

あの男が戻って来た！

何か武器になるものを調達して、再び奈那江を襲うと共に、その邪魔をした夕里まで殺すつもりではないだろうか。

警察はまだなの⁉

思わず叫びそうになったが、それより隠れるのが先決だと気づいた。慌てて奈那江をうながし、家の左手から裏へと回る。本当はここから離れたかったが、そんな暇はまったくなさそうだ。

裏手には奈那江が言った通り、物置らしき建物があった。ただし、夕里が思い浮かべていた粗末な小屋とは違って、独立した部屋のように見える。子供のために建てた勉強部屋だと説明しても、立派に通用するだろう。

「ここに隠れますか」

奈那江が物置を指差し、小声で囁《ささや》いた。

「二人も入れます？」

「ええ、大丈夫です。それくらいのスペースはあります」

夕里はうなずきかけたが、

「でも、この扉の他に、出口はないんですよね？」

「……ありません」

それでは袋の鼠である。あの男が家の中を覗《のぞ》いて、二人がいないと分かったら、次に確かめるのは物置だろう。

「このまま家を半周して、反対側から表をうかがいましょう。それで男がいなかったら、一気に通りまで走るんです」

夕里の提案に、奈那江がこっくりと首を縦にしたときだった。

「そこか……」

後ろから声をかけられた。若い男の声音で、まるで無理に興奮を抑えているかのような荒い息づかいが、背後から伝わってくる。

横で奈那江の身体が、ビクッと震えた。夕里の心臓が、バクバクと物凄い速さで脈打ち出した。

厭《いや》だ怖い……と思いながらも、ゆっくり振り返る。すると、ぽっかり空いた窓枠の中に、ぼうっと立つ人影があった。

「ひぃぃっ……」

低い悲鳴が喉《のど》から漏れる。奈那江が片腕をつかんでこなかったら、もっと大声を上げていたかもしれない。

「あっ、すみません。驚かせてしまいましたね」

ところが、男の台詞《せりふ》が妙だった。それによく見ると、女装男とは服装も違っているように映る。

「あ、あなたは?」

「浦根《うらね》保《たもつ》といいます。怪しい者ではありません、と言っても無理ですか。でも、警察官です。吉祥寺の交番に勤務しております」

「お巡《まわ》り……さん?」

自分の通報で駆けつけたのか、と夕里は思いかけたが、どうもおかしい。ここは世田谷だ。吉祥寺の交番の巡査が来るだろうか。制服を着ていないのも変だ。

なんとなく疑いの眼差《まなざ》しを向けていると、表で車の止まる気配がした。パトカーらしい赤いライトも瞬いている。

「おっと、まずいな」

表の様子をうかがった浦根は、慌てながらも身軽に窓枠から飛び下りた。

とっさに夕里と奈那江は身を引いたが、そのまま彼は家の裏手の塀を乗り越え、さっさと立ち去ってしまった。

もっとも夕里の横を通るとき、意味深長な台詞を口にした。

「また近いうちに」

怪しいことに変わりはなかったが、まだ若い浦根の童顔を間近で見て、それほど悪い人ではなさそうだ、と夕里は思い直した。警察官としては細身で、少し頼りなさそうなところも、この場合は逆に新人巡査らしく映ってしまう。

けど、どうしてここに？

しかも、なぜこのタイミングで現れたのか。それに警察が到着したとたん、まさに逃げるようにいなくなった。

同じ警官なのに？

夕里が考え込んでいると、奈那江が遠慮がちに、

「表へ出て行った方が、良くないですか」

「そうですね。ところで、今の——」

男性のことは黙っていましょう、と言いかけたところで、通報で駆けつけた警察官たち

が、家の裏にいる二人を見つけた。

曲矢と名乗った刑事は無愛想ながら、とても意気込んでいる感じが伝わってきた。あたかも大事件に遭遇したように興奮している。なのに被害者が夕里ではなく奈那江と分かったとたん、一気に失望をあらわにした。自分の勘違いに気づき、急にやる気をなくした。そんな風に見える。

最初に奈那江が、次に夕里が、それぞれ状況を説明した。ただし二人とも、まったく犯人の顔は覚えていない。

彼女たちが話している間、どこか曲矢は上の空だった。

「女装男の痴漢か」

気のなさそうなつぶやきから、大して重要な事件と思っていないことが分かる。

岩野奈那江さんの身になって下さい！

もう少しで夕里は、口に出すところだった。だが、なぜ刑事の様子が急変したのか、ふっとその訳に思い当たった。

建てかけの家の中で、女性が襲われたという通報を受けて、この刑事は六蟲の仕業かもしれないと考えたのだ。しかし、岩野奈那江という被害者を目にして、ただの痴漢だと察した。だから、これほど意気消沈しているのではないか。

私と同じじゃない。

そう認めると、もはや刑事に怒ることができなくなった。

曲矢は二人から話を聞き終わると、さっさと家の中に入って行った。とりあえず仕事はするつもりらしい。

しかし、すぐに彼女たちを呼び入れた。

「ちょっといいですか」

その声音には、はじめに感じられた力強さがある。

「はい、何でしょう？」

夕里が好奇心にかられるまま、奈那江といっしょに現場へ戻ると、

「これは、お二人のうち、どちらかのものですか」

コンクリートの床に落ちている小さな白いタオルを、曲矢が指差した。

彼女たちが同時に首を振ったとたん、とても険しい表情が刑事の顔に浮かんだ。その場で身をかがめると、あまり近づき過ぎないように注意しつつ、しきりにタオルの臭いをかぎはじめた。

「うーむ」

そして、うなりながら身を起こすと、じろじろと無遠慮に奈那江を眺め出した。

「念のために確認しますが、襲われたのは岩野奈那江さんで、たまたま通りかかった大島夕里さんが、その現場を目撃した。そうですね？」

「はい、間違いありません」

　はっきりと答える夕里の横で、力なく奈那江がうなずく。どうして曲矢が自分を見つめているのか、きっと分からずに不安なのだろう。

「お二人とも、犯人の顔は見ていないのですか」

「ここは暗かったですから」

「あなたは？」

　曲矢が鋭い眼差しを、奈那江に向ける。

「と、突然だったですし……、相手が女の人だと思ったので、もう訳が分からずに……。あとは無我夢中で、ただ抵抗しただけで……」

「そのとき犯人の、かつらを剝《は》ぎ取ったんでしょう？」

「は、はい……」

「かつらが取れた瞬間の、犯人の顔は見なかったんですか」

「……す、すみません。あんまり驚いたので……、そのうー、かつらの方に目がいってしまって……」

　曲矢は大きく溜息《ためいき》をついたが、なおも執拗《しつよう》に続けた。

「身体に特徴はなかったですか。または動きに不自然な点があったとか。大島さんもどうです？」

矢継ぎ早に質問をくり出してくる。その様子は、ここに到着したときの意気込んだ雰囲気と、まったく同じだった。

あのタオルは犯人の遺留品で、六蠱《むこ》のものだと疑ってる？

夕里が考えている間に、さらに詳しい事情を、二人は警察署で訊《き》かれることになった。

「すみません。巻き込んでしまって……」

現場から離れる前に、奈那江が頭を下げた。

「いいえ。どうかお気になさらずに」

あの男の正体が六蠱であるなら、むしろ関わりたいと夕里は思った。志津香の敵が討ちたいと切に願った。

別々のパトカーに乗せられたところで、浦根保の存在を思い出した。最初は意図的に言わなかったのだが、途中からは完全に失念していた。

でも、事件が六蠱がらみとなると、やっぱり話すべきかな……？

仮に彼女が喋《しゃべ》らなくても、おそらく奈那江が口にするのではないか。ひとりが不審な人物の証言をしているのに、もうひとりが何も言わなければ、いらぬ疑いをかけられはしないだろうか。志津香の遺体発見者という立場も、夕里にはある。彼女が打ち明けなくても、遅かれ早かれ警察は気づくに違いない。

浦根保……。あの男は、いったい何者なの？

独白

女を物色した。
女を尾行した。
女を吟味した。
女を殺害した。
六蠱の依代《よりしろ》を手に入れた。
理想の部位を手に入れた。
これならできる。
六蠱の軀《からだ》を創り出すのだ。

七　二つの死相

弦矢俊一郎が、祖母との会話を曲矢に伝えてから数日後、若い女性が被害者となる第三の猟奇殺人が発生した。そして翌週には、六蠱《むこ》と名乗る犯人の犯行声明文が、インターネット上に流れた。

警察は連続殺人事件だと認めたが、女性の部位にこだわる犯人の動機については、あくまでも不明とした。しかし、マスコミはこぞって、「切断なきバラバラ殺人」「呪術的《じゅじゅつ》連続殺人」「観念の継ぎはぎ殺人」などと書き立てた。

犯行声明文が発せられたのは、新宿のインターネット・カフェだった。店内に設置された防犯カメラの映像は、今のところ何の成果も上げていない。

一方、祖母からは、郷土史家の閇美山犾國が、もう十年近く前から行方不明らしいという報告が届いた。田舎の一軒家でひとり暮らしをしていたため、いつから姿が見えなくなったのか、地元民の誰もが知らないという。

「奇っ怪な事件や現象やらにも、首を突っ込んどったからな。おおかた物怪《もののけ》にさらわれたか、マーモウドンの化物にでも喰《く》われたんやろう」

そんな結論を、あっさり祖母は下した。

老人の住居を家捜しすれば、六蠱の軀について資料が見つかるかもしれない。ただし苦労して入手しても、どれほど事件の解決に役立つかは未知数である。それを承知で捜すかどうかは、警察の判断に任せれば良い。そうも言われた。

曲矢に連絡すると、あからさまに失望された。

「他に手がかりはないのか」

「祖母《ばあ》ちゃんが思い出したのが、その老人だけってことは、そうなんだろう」

「中国の呪術に詳しい学者とか、適当な人材がいるだろ」

「望み薄じゃないかな。もっと確実なのは――」

「何だ？」

「中国で調べることだと思う」

「今すぐ飛べ。旅費は出さんがな」

祖母が指摘した通り、今回のような事件の場合は関わりようがない、と俊一郎は思った。これまでなら気にもしなかったが、なぜか己の無力さを思い知らされているようで、どうにも落ち着かない。

誰ひとり、関係者を知っているわけでもないのに……。

ところが、その夜の曲矢からの電話が、否応《いやおう》なく俊一郎を事件の渦中へと巻き込むことになる。

「そっちにパトカーを回す。すぐ署まで来てくれ」

はい――と電話に出たとたん、いきなり言われた。

「曲矢刑事？」

「俺じゃない警官が、お前にパトカーを差し向けるとしたら、おおかた逮捕するときじゃねぇのか」

「何の容疑で？」

「知るか。とにかく署まで来て欲しい」

そこで曲矢は、六蠱による第四の殺人未遂が発生した可能性があると断わって、手短に江素地の住宅地で起こった事件について説明した。

「現場に落ちていた、そのタオルが？」

「ああ、まだ分析の最中だが、六蠱が犯行で使用している薬品が、おそらく染み込んでると思う。報告書には、ある特徴的な刺激臭がすると書かれていてな。現場で嗅《か》いでみたが、俺には同じ臭いに感じられた」

「状況は分かったけど、俺に何をしろと？」

「被害者の女性に、死相が表れていないか、それを視てくれ」

「また狙われる可能性があるか、判断するために？」

「それもある」

妙に曲矢の歯切れが悪い。俊一郎が突っ込むと、詳しい話は署でするという。

「車は苦手だ……」

「お前、酔うのか」

祖父母の家で育った子供のころ、人間を避けていた俊一郎の友だちと言えば、僕と近所の猫くらいだった。その猫が目の前で、車に轢《ひ》き殺された。以来、彼は車を毛嫌いするようになる。

「まったくガキみたいなヤツだな」

もしかすると曲矢なら、この気持ちは理解できるかもしれない。だが、この男にだけは言いたくない。

「少しの間だ。それくらい辛抱しろ」

「白バイの迎えなら問題ない」

「何ぃぃ？　二人乗りするのか」

「できるだろ」

「いや、無理だ」

そんなやり取りをしているうちに、探偵事務所の扉がノックされ、迎えのパトカーが着いたことを知らされた。

仕方なく覚悟を決めた俊一郎は、「出かけてくる」と僕に留守を頼んでから、パトカーに乗り込んだ。

電車だと時間がかかるうえ、人込みに身を置くため、厭《いや》な死相を視てしまう危険がつきまとう。車での移動と比べた場合、あまりにもリスクが高い。

そろそろ乗り越えないとな……。

普通なら幼いころの嫌な記憶として、頭の片隅に残るくらいで、車に対して拒絶反応までは起きないものだ。しかし、あまりにも特殊な子供時代を過ごした彼にとって、その猫の存在は本当に特別だった。

久しぶりに亡き友だちの姿を思い出し、車に乗っているにもかかわらず、ほっこりした気分になる。もう気にする必要はないよ……と、まるであの猫が伝えているように、俊一郎には思えた。

警察署に着くと、さっそく曲矢に出迎えられた。まず事件の話を聞く気でいると、すぐに死相を視てくれという。

「正面からでないと駄目か」

「そんなことはないけど……。よくあるマジックミラー越しは？」

「ああいうのは取調室にある。彼女たちは容疑者じゃないからな。ちゃんと応接室に通した。事情を訊《き》いたのは別々にだが、今は同じ場所で待たせてある」

「後ろ姿でも大丈夫だとは思う。ただ、より正確な死相を視るという意味では、一度は真正面から視ておきたい」

「そうか。しかしなぁ……」

曲矢はじろじろと、俊一郎の頭の天辺から足の爪先までを眺めて、

「お前はどう見ても、まず警官とは思われんだろう」

「制服を着せるつもりか」

「はっ、学芸会にしかならんよ」

「……」

「よし。とにかくお前は何も喋《しゃべ》るな。俺の横に座って黙っとけ。書類がはさまったクリップボードを渡すから、二人に目をやるとき以外は、それに目を落としてればいい。俺が彼女たちに住所などの基本的な確認をするから、あとは適当にうなずきながら、書類と照合する振りをしろ」

一方的に命令されるのは不快だったが、俊一郎は何も言わなかった。曲矢の抑え切れぬほどの興奮が、ひしひしと伝わってきたからだ。

曲矢に先導され部屋に入ると、二人の女性が長ソファに並んで座っていた。向かって右側のひとりは、二十代の前半くらいか。とても可愛く身体もスリムで、いかにも六蠱に狙

われそうな容姿だった。左側のもうひとりは三十過ぎくらいの、特に目立ったところのない、ごく普通の大人しそうな人物に見える。

側には女性の警官がついていたが、曲矢が軽くうなずくと、二人に一礼して退出した。

「どうもお待たせしました」

左のひとり用ソファに、曲矢が腰かけたので、俊一郎は右のソファに座った。

彼を目にした二人の反応は、かなり対照的だった。左の女性は視線が合ったところで黙礼して、あとは下を向いたままなのに、右の女性はとても興味深そうに、この人が警察官なの……とでも言いたげな眼差《まなざ》しを、じっと注いでいる。

恥ずかしくなった俊一郎が、思わずボードに視線を落とすと、わざとらしく曲矢が咳払《せきばら》いをした。しっかりしろと言いたいらしい。

「最後に、もう一度だけお名前や住所を確認させて下さい。こういう書類が間違ってると、あとあと面倒なことになりますので」

そう断わると曲矢は、右の女性に顔を向けて、

「まず大島夕里さんから――」

名前の漢字と読みからはじまり、現住所や勤務先など訊きはじめた。

夕里もようやく俊一郎から視線をはずすと、曲矢の方を向いて答えたが、ちらっと時おり眼差しが戻るのは、やはり彼の存在が気になるからだろう。

やりにくいな。

探偵事務所に来る依頼人は、はなから死相を視てもらいに訪れる。なかには半信半疑の者もいるが、俊一郎が死視《しし》することは承知しているわけだ。だから大島夕里のようなケースは、どうにもやりづらくて仕方がない。

何度も顔を上げては、またクリップボードに戻す動作をくり返していると、

「おい、ちゃんと確認しろよ」

ドスのきいた声で、曲矢に注意された。もちろん「ちゃんと死視しろ」という意味で、叱咤《しった》されたのだ。

「はい」

とっさに返事をしたのは、先輩刑事の小言を無視するのは不自然だ、と珍しく社会的な常識が働いたからである。

だが、この曲矢の一言で吹っ切れた。俊一郎は顔をあげながら、「視ない」から「視る」に切り替え、目の前の夕里を死視した。

これは……。

彼女の生首が、宙に浮いているように視えた。もっとも一瞬で、首から下の身体が真っ黒な影と化しているため、そう映ったのだと理解できた。

この人は、頭部を狙われているんだ。

夕里の容貌《ようぼう》から考えても、とても納得のいく死視である。このままだと彼女は生きながらにして、六蠱《むこ》に首から下を焼かれることになる。

まずは上半身の三つの部位をそろえるつもりか。

石河希美子の両腕、当山志津香の胸部、大島夕里の頭部である。おそらく六蠱は残りの下腹部と両足の候補も、すでに絞り込んでいるのだろう。

そのまま俊一郎は、念のために岩野奈那江も死視した。あいにく犯人の容姿は覚えていないが、目撃者であることに変わりはない。つまり六蠱にとって、非常に邪魔な存在となる。そのため口を封じるために、殺される危険があった。

やっぱり……。

奈那江の心臓のあたりに、真っ黒な点が視える。そこから触手のような黒い紐《ひも》状の影が、蜘蛛《くも》の巣《す》のごとく四方に広がって伸びていた。

鋭利な凶器で胸を刺されるか、襲われたショックで心臓が止まるか……といったところだろうな。

これまでの経験から、そんな風に奈那江の「死因」を見立てた。

俊一郎の死視が終わったと察したらしく、曲矢は確認作業を適当に切り上げると、

「ご苦労様でした。パトカーで送らせますので、少しお待ち下さい」

そう言うが早いか、彼をうながして部屋を出た。

「どうだった？」

別の場所の打ち合わせスペースに、腰を落ち着ける間もなく訊かれる。

「二人とも、死相が出ている」

それぞれに視えた相と、その意味の解釈を話すにしたがい、曲矢の興奮が大きくなっていくのが、俊一郎には肌で感じられた。

「俺に話してない、何か裏があるだろ？」

「ああ」

そこで曲矢が、驚くべき事実を口にした。六蠱に襲われたのは岩野奈那江であり、通りかかった目撃者が大島夕里だというのだ。

「通報を受けて現場に向かう途中、これは六蠱による第四の殺人未遂じゃないかと思った。被害者は助かったうえ、目撃者までいる。俺が興奮したのも分かるだろ」

「確かに」

「現場に着いて二人を見て、俺は確信した。正確には、大島夕里の顔を目にしてだ。ところが、彼女たちの役割が逆だと知らされた。そうなると事情はまったく変わってくる。ただの痴漢だった可能性が、ぐんと高まる。そりゃ失望したね」

「でも、問題のタオルを見つけた」

「そうだ。再び六蠱がからんでる可能性が出てきた。ただし、その場合、被害者の人選に大いなる疑問が浮かぶ。こう言っちゃ何だが、岩野奈那江のどの部位を取っても、六蠱のお眼鏡にかなうとは思えんからな」

「そうだな」

本人が耳にしたら泣き出しそうな会話を、二人は続けた。

「衣服の上からじゃ判断できん部分もあるが、襲撃事件の三人の写真を見ると、そのへんはクリアしていることが分かる」

「まず着衣の状態で候補者を選び、それから裸体を見て取捨選択をしているわけか」

「どうやらそうらしい。となると岩野奈那江が候補にあがるとは、どう考えても思えねぇじゃないか」

「間違えた……？」

「そうだ！　六蠱が二人を取り違えたとしたら、この説明はつく。実はな、二人ともよく似た秋もののコートを着ていた。暗い夜道で、前後して歩いていた彼女たちを、後ろから尾《つ》けていた六蠱が間違えるのは、充分にあり得る。女ならコートの違いも分かるかもしれんが、野郎には無理だろう」

俊一郎はうなずきつつも、二人の女性についての情報を求めた。襲撃現場と死視の結果からだけで推理するのは、少し無謀に思えたからだ。

「待ってくれ」

曲矢の説明の途中で案の定、彼は引っかかりを覚えた。

「現場となった建てかけの家は、岩野奈那江が母親といっしょに出た生家を取り壊して、新たに造られている最中なのか」

「ああ。彼女の父親ってのが、昔から女癖が悪いらしくてな。それで昨年末に発覚した愛人というのが、娘と大して歳の違わない女だった。しかも、怪しげな霊媒師もどきの活動をしていて、父親の仕事にも口を出しはじめた。悪いことに、その彼女のご託宣が当たってしまってな。ますます図に乗るようになった」

「そっちの方が、よっぽど問題なんじゃないか」

「父親の会社にとってはな。だが母親と娘には、愛人の存在が一番だろ。母親は郷里では教師をやっていたらしく、性格は極めて真面目だ。だから逆に、なかなか離婚ができなかった。しかし、さすがに愛想をつかした。色々ともめたものの、かなりの慰謝料を取って正式に別れた。母と娘は江素地の隣駅に当たる尺子谷《さしごだに》のマンションで暮らし、父親は愛人と住むために家を建て替えはじめた、という事情がある」

「大変そうだな」

「ここまで喋らすのに、こっちが大変だったよ」

「しかし彼女は、物置に私物を残していたため、それを取りに行ったわけか」

「これまでにも何度か、同じことをしているらしい」

「六蠱が最初から岩野奈那江を狙っていたのなら、その機会をいつか利用して襲えると、きっと考えたに違いない」

「だろうな」

「でも、大島夕里がターゲットで、岩野を彼女だと勘違いして、あとを尾けていたとすると、大島があの家の敷地に足を踏み入れた時点で、おかしいと気づくのでは？　いきなり襲う前に、確認くらいするんじゃないか」

「やっぱりな、そう思うか。さすがに探偵だな」

「分かってたのか」

「なめるな、当たり前だ」

「なのにどうして、六蠱が二人を取り違えたという説を？」

「お前がどう考えるか、ちょっと試しただけだ」

相変わらず食えないというか、ややこしい男である。

「やっぱり狙われたのは、岩野かと思った。だが、大島と比べれば比べるほど、どうしても逆だという気持ちが強くなる。そこでお前に、二人の死相の有無を確認させようとしたんだが……」

「よけいに分からなくなった」

「大島を被害者と見ると、現場の状況と合わなくなるからな」

「わざわざ俺を呼んだけど、無駄だったわけか」

「言ってろ」

「ただ、どちらの可能性もあるかもしれない」

思案げに俊一郎が言うと、そくざに曲矢が食いついてきた。

「どうしてだ？」

「犯人が岩野を大島だと誤認していた場合、あの家に入る彼女を見て、不審に思うのが当然だと思う。けど、六蠱の目的は部位にある。これはチャンスだと判断しても、それほど不自然じゃない」

「あとを尾けていた女性は大島だ……と信じ込んでいたら、そうかもしれんな」

「相手の奇妙な行動の意味を問うより、自分に有利な状況を素直に喜ぶ。そんな反応を見せたとしても、別におかしくはない」

「なるほど。で、岩野が狙われていた場合は？」

「六蠱の軀《からだ》については、ちゃんと電話で連絡してある」

改まって俊一郎が口にしたためか、曲矢は怪訝《けげん》そうな顔をした。

「お前の祖母《ばあ》ちゃんから聞いた内容なら、確かにそうだ。あっ、閇美山って爺《じい》さんのことか。あれは地元の警察に、一応は頼んである。家捜しでも何でもして、六蠱の軀に関する資料を見つけろってな。もちろん俺じゃなくて、新恒の方からだ」

「いや、老人のことじゃなくて、六蠱《むこ》の躯に必要な部位についてだ」

「それなら、頭部、両腕、胸部、下腹部、両足だろ」

「もうひとつある」

「うん？　ああ、五つの部位を移すっていう身体か」

「岩野奈那江は、その身体なのかもしれない」

「何ぃぃ!?」

曲矢が驚いたように両目をむいたが、すぐに首を振りながら、

「しかしなぁ、あの女が……」

「六つ目の身体に必要なのは、美的な質ではなく心ではないか——というのが、祖母ちゃんの考えなんだ」

「そ、それでなのか……。岩野の死相が、心臓に表れているのは？」

「だとしたら、被害者と現場の状況は合う。ただし——」

俊一郎はじっと曲矢を見つめると、

「頭部を狙われている大島が、そこに通りかかって目撃者となった。こんな偶然があるのかって話になる」

「偶然か……」

思わせ振りに曲矢はつぶやくと、大島夕里が六蠱連続殺人に関わるのは、これが最初で

はないという話をして、俊一郎の度肝を抜いた。

「三人目の被害者と同じ会社で、しかも友人だったと本人から聞かされ、俺も驚いた」

「偶然……としか考えられないか」

「犯人がひとりで動いているなら、どうしても候補者を選ぶ範囲は限られてくる。街中で物色してあとを尾けるにしても、女が電車に乗って遠隔地で降りた場合は、候補からはずすかもしれない」

「自然に範囲が絞り込まれても、不思議じゃないな」

「衣服を剝《は》がれた三人も、殺された三人も、すべて二十三区内の会社に勤めていて、全員が事務系の仕事をしているため、退社時間が読みやすい」

「候補者同士に思わぬ接点があっても、おかしくはない……か」

そう続けた俊一郎は、これまでの被害者の間に、何かつながりは見つかっていないのか、曲矢に尋ねた。

「それがな、ひとつもない。当山志津香と大島夕里の関係が、はじめてだ。ただな、薄気味の悪い視線に怯《おび》える当山から、大島は相談を受けている。いっしょに帰ったこともあるらしい。そのとき犯人が、もし大島を見ていたとしたら？」

「すかさず頭部の候補に加えた」

「だろうな。二人の周辺に近づいた者の、仮にリストが作れるとしたら、その中に六蠱がいるに違いない」

「そのリスト作りは無理そうだけど、犯人を探るのなら、もっと良い人物の周辺があるじゃないか」

「何のことだ？」

いぶかしげに聞き返しながら、曲矢には期待するような表情も浮かんでいる。

「岩野奈那江の周辺だよ」

「彼女の……？」

「六つ目の身体に岩野を選んだということは、彼女がどんな心を持っているのか、六蠱が知っていたから、じゃないかな」

「うっ……」

「これぱかりは街や駅の雑踏の中で、いくら女性を物色しても分からない。見た目とは違って内面の問題だから、ある程度のつき合い、人間関係が存在していないと、まず候補は選べないはず」

「うーん、それは言えてるな。どうも俺は、六つ目の身体のことを忘れがちになる。よし、さっそく明日《あした》から、岩野の周辺を調べてみよう」

「それと――」

俊一郎が言いよどんでいると、

「まだあるのか。何だ？　どんなことだ？」

ますます曲矢が期待をあらわにし、彼をせっついた。

「今の段階では、あくまでも想像の域を出ないんだけど——」

「上等じゃねぇか。地道な捜査は大切だが、時には飛躍した想像も必要なんだよ。で、何を思いついた？」

「六蠱の住まい、もしくは活動の拠点は、江素地にあるのかもしれない」

「……どうしてだ？」

「岩野奈那江を襲おうとしたから」

「……」

「彼女が六つ目の身体だというのは、ほぼ間違いないと思う。死相の解釈を考えても、その見立てには当てはまる」

「ああ、お前の死視《しし》の力は信じてるつもりだ」

「この六つ目の身体は、他の五つの部位と比べて、大きく違うところがある。各部位については、萩原朝美から剝いだ皮膚を依代《よりしろ》にして、それぞれの気を吸わせればいい。つまり肉体としての部位は必要ない。だけど六つ目の身体は、五つの部位の気を移す器だ。身体という肉体そのものを使う」

「言われてみれば、そうだ。六蠱の軀とは何か、その説明を受けていながら、そこに気づかなかったとはな」

曲矢は悔しそうに歯がみした。

「一般常識どころか、現実的な人間の理性を超えた世界の話だから、まぁ無理もないと思う」

「はっ、お前になぐさめられるようじゃ、俺も焼きが回ったな」

「帰るぞ」

「すべて喋《しゃべ》ってからだ」

わざとらしいくらい俊一郎は大きく溜息《ためいき》をつくと、

「五つの部位の持ち主とは違い、六つ目の身体の場合は、襲って必要な儀式をして終わり、というわけにはいかない。岩野奈那江の自由を奪ったあと、彼女を運び出す必要がある」

「六蠱の家にだな」

「実際に住んでいるところかどうか、それは分からない。もしかすると今回の計画のために、新たに借りた賃貸物件かもしれない」

「そっちの可能性の方が高いか」

「いずれにしろ、あの現場の家を中心に、半径数キロ内くらいに六蠱の拠点がある。そうにらんでもいいんじゃないか」

「車を持ってるな。あの家で岩野を襲い、ひとまず隠しておく。あとから車で戻って来て、彼女を運び出す。この手順を考えると、あの家は理想的な環境じゃないか。井の頭公園内のトイレや篠増台の無人の家など、犯行には適しているが、被害者を車で運び出すには、かなり不便だからな」

「なるほど。ということは、今夜の犯行には、何か訳がありそうだ」

「うん？」

「萩原朝美の事件から、すでに日にちが経っているため、剝いだ皮膚には何か特殊な加工がほどこされている、と見るべきだ」

「腐らないわけか」

「よって理想的な部位の蒐集《しゅうしゅう》に、六蠱はいくらでも時間をかけられる」

「だろうな」

「儀式の順番から言えば、六つ目の身体が必要になるのは最後だ。なのに、まだ頭部と下腹部と両足と半分以上が残っている段階で、岩野を襲った」

「たまたま機会に恵まれたから……じゃないよな。彼女が元の生家の物置に出入りしていたのは、六蠱も知っていたわけだ」

「その出入りが、今夜で最後だと知った。または近いうちに、岩野と母親が引っ越しをするとか、長期の海外旅行に出るとか、何らかの事情が生まれた。そのため六蠱は、六つ目の身体の確保を急がなければならなかった」

「確認しておく。それが事実なら、ますます六蠱《むこ》は彼女の周辺にいることになるぞ」

「ここにきて一気に、捜査の網が絞られた感じか」

「ああ、あとは任せておけ」

もう話は終わりそうだったので、俊一郎は気になっていることを尋ねた。

「ところで、あの二人に護衛は？」

「もちろんつける。六蠱から守るためもあるが――」

「……」

「どうもなぁ……まだ喋っていない何かが、特に大島夕里の方なんだが、あるように思えてならない」

「事件について、隠し事をしていると？」

「といって犯人をかばうとか、そういうことじゃない。ただ、何か秘しているのは間違いない。いずれにしろ、当分は目を離さんよ」

隠し事と口にしたところで、俊一郎は黒術師の件を思い出した。祖母も言っていたように、やはり曲矢には話しておくべきだろう。

「実は、この事件には裏がありそうなんだ」

「……裏ぁ？　何のことだ？」

「今回だけじゃない。あの入谷家の事件にも、同じ裏があった」

「おいおい、そりゃどういう意味だよ？」

訳が分からないながらも慌てる曲矢に、黒術師の存在を――ヤツが起こしたと思われる事件の具体例をあげながら――俊一郎は教えた。

「うーむ……」

大きくうなったまま、曲矢は腕組をした。

「お前と知り合ったばかりのころなら、そんな話、相手にしなかったろうな」

「今は信用するのか」

「……さぁな。けど、うちの上層部は、その黒術師の存在を認めてるんだろ？」

「そうらしい」

「クソッ、俺にはお前のおもりをさせながら、肝心な情報は隠してやがる」

「へぇ、刑事の付き人がいるとは知らなかった。そのうち買物や料理でも頼もう」

「てめぇ……」

「僕の世話でもいいしな」

「……」

にらんでいた曲矢の眼差《まなざ》しが、ふっと和らいだ。

「まぁ何だ……。教えてくれたことには、感謝する」

そう言うと背を向けて、右手をあげながら、さっさと立ち去ってしまった。なかなか曲矢も、複雑で大変な立場にいるらしい。

探偵事務所まで送られるパトカーの車中で、俊一郎は考えた。

六蟲が狙ったのは岩野奈那江だったのか。それとも大島夕里か。

岩野だった場合、大島はたまたま目撃者になったわけだ。しかし、これは逆でも結局は同じではないのか。大島に間違えられた岩野が襲われたところへ、本人が通りかかるという偶然が起こったことになるからだ。

いずれにしろ偶然か……。

違いがあるとすれば、岩野の死相の解釈だろう。彼女が六つ目の部位すなわち身体の候補だからこそ表れているのか、それとも大島と誤認した犯人の顔を見た——と六蟲が勘違いをした——ために命を狙われている印なのか。

前者であれば、彼女の周辺に六蟲が潜んでいる可能性は高いだろう。後者であれば、完全なとばっちりを食ったことになる。

曲矢の捜査結果を待つしかないな。

そう思いながらも俊一郎は、この第四の殺人未遂事件にまといつく「偶然」という名の要素が、どうしても気になっていた。

偶然なのは間違いないけど、実はそこに恐ろしい意味があって、その正体さえ分かれば、とても重要な手がかりになるのではないか。

探偵事務所に着くまで、そんな思いに、ずっと彼は囚《とら》われ続けたのである。

八　敵　討

岩野奈那江の殺人未遂事件の翌日、はからずも巻き込まれた大島夕里は、普通に出社していた。

警察は事件のことを、まだ六蟲の仕業とは断定していない。だが、すでに一部のマスコミは朝のニュースから、暗に関連づけた報道をはじめている。ただし、まだ命を狙われる危険があるとして、奈那江と夕里の氏名は伏せられていた。おそらく報道管制が敷かれたのだろう。そのため出社しても、誰にも何も言われなかった。もちろん夕里から喋るつもりはない。

もっとも多崎には、昨夜のうちにメールを入れておいた。送ってもらったパトカーの中で打ち、すぐ送信した。彼からは折り返し返信があった。明日は朝から外出するので、夜に会おうと言われている。

午前中の業務を何とかこなした夕里は、コーヒーショップでサンドイッチと飲み物をテイクアウトすると、たまに行く公園で昼食をとった。天気が良ければ背広姿のサラリーマンや制服のＯＬでにぎわうのだが、曇空のうえ少し風があるためか、今日は妙に閑散として淋《さび》しい。

よく志津香とも、ここでお昼を食べたなぁ……。

ふっと彼女の笑顔や仕草が頭の中に浮かび、たちまち食欲がなくなった。半分ほど口にしたシュリンプサンドを見つめながら、あの子もこれが好きだったな、と思って涙ぐみかけたときだった。

「ちゃんと食べないと、身体がもちませんよ」

いきなり声をかけられ、驚いて顔を上げ、二度びっくりした。

「あっ、あなたは……」

「昨夜はどうも」

あの家で出会った浦根保が、なんと目の前に立って、おじぎをしている。

「ど、どうして、ここに？」

「当山志津香さんの事件から、あなたを探っていたもので」

「な、何ですって？」

「ここ、いいですか」

浦根は夕里の返事も聞かずに、隣に腰を下ろすと、

「昨夜も言った通り、吉祥寺の交番に勤務している警察官です」

同じ自己紹介をしながら、今度は警察手帳のコピーを差し出した。見ると、写真と名前は確かに合っている。

「本物は？」

「署にあずけてあります。今は休職中なので。もっとも申請する前に、必要になると思ってコピーしておいたんです。もちろん、違法行為ですけど」

「どういうことでしょう？」

もちろん、なぜ彼が仕事を休んでいるのか、を訊《き》いたわけではなく――いや、それもふくめてだが――いったい何をしているのか、という意味で夕里は尋ねた。

「萩原朝美は、ご存じですか」

「……」

一瞬、彼女は考えたが、すぐに思い当たった。

「六蠱《むこ》の最初の被害者……ですか。その前に、襲われた女性もいますが……」

「ええ、命を奪われたのは、彼女がひとり目です」

「確か井の頭公園の……あっ、まさか知り合いだった……？」

「はい、恋人でした」

「……」

夕里は絶句した。友人でも、あれほど落ち込んだのだ。それが恋人となると、浦根の悲しみはいかばかりだったか。想像するだけで、激しく胸が痛んだ。

「朝夕、交番の前を通るときに、いつも笑顔で挨拶《あいさつ》をしてくれました。また月に一度、季節の花を持って来てくれて……」

「それが切っかけで、おつき合いがはじまったんですね」

しかし浦根は、彼女の言葉が耳に入っていないのか、あらぬ方を見ながら、

「私は警察官です。しかも、彼女の遺体が発見された現場から近い、交番に勤務している巡査なんです。なのに、捜査に加わることができません。犯人を捜して逮捕し、彼女の敵を討つことが……」

警察組織のことは分からないが、殺人事件の捜査は刑事が担当し、彼のような巡査は深く関われないのだろう、くらいは夕里にも予想できた。

それに事件は、他の地域でも起きてるから……。

こうなると捜査は、テレビドラマの知識だったが、警視庁が取り仕切るのではなかったろうか。

「自分は警察官なのに、情けないじゃありませんか」

「お辛《つら》いですね」

他に声のかけようがなかった。だが、相変わらず浦根は喋《しゃべ》るのに一生懸命で、

「だから休職願いを出して、私なりに捜査をやろうと思いました。幸い警察学校の同期が、あちこちの署におります。そいつらに無理を言って、六蠱《むこ》の事件資料を集めました。バレれば大変なことになりますが、みな快く協力してくれ、とても感謝しています。その資料の中で、あなたを見つけました」

そこで浦根は、再び夕里に顔を向けた。

「最初は当山志津香さんの友人として、お話をうかがうつもりでした。でも、あなたを見かけて、ある考えが閃《ひらめ》いたのです」

「何でしょう?」

と尋ねながら、とても厭《いや》な予感を夕里は覚えた。

「当山さんが六蠱に狙われていたとき、あなたは彼女の相談に乗っていました。ということは、当山さんを見張っていたヤツの目に、あなたは留まっていたのかもしれない」

「えっ……」

「普通なら女性に、こんなこと面と向かって言えませんが、あなたは美しい。それも冷たい印象の美人ではなく、とても可愛らしい人です」

「そ、そんな……」

「つまり六蠱に、充分に見初《みそ》められる可能性があるのです」

とっさに感じた恥じらいが、とたんに怖気《おぞけ》へと変じた。だが、すぐに怒りとなって、夕里の心に湧き上がった。

「私を囮《おとり》に使ったってことですか」

「そ、そうじゃない」

「私が帰宅するとき、あとを尾《つ》けたんでしょ」

「はい……」

「だったら――」

「いえ、あなたを見守っていたんです」

とも言えるが、問題は浦根の意識が、どちらに傾いていたかである。そんな考えが顔に出たのか、さらに彼は言い訳をするように、

「第一この考えは、私のオリジナルです。あなたに事情聴取した刑事が、もし同じようににらんだのなら、間違いなく護衛をつけたでしょう。でも、実際は違う。そんな役目の者がいたら、昨夜こそ活躍していたはずですから」

「浦根さんも、活躍するのが遅かったんじゃありませんか」

つい皮肉が口をついて出たが、

「いやぁ、そう言われると……面目ないです」

しゅんとした童顔を目にすると、少し気の毒になった。

「実は新宿で、あなたを見失ってしまって。それで慌てて江素地まで来て、グリーンコー

ポまでの道を捜している途中で、『待てぇ！』という女性の声と、逃げるような足音を耳にして――」

「それで犯人は？」

「捕まえられませんでした」

「そうでしょうね。だったら今ごろ、事件は解決してますよね」

きつい台詞《せりふ》をはいてしまうのは、やっぱり囮にされたという怒りが、まだ治まらないからだろう。

「犯人の姿は？」

「いえ、足音だけです」

それでは何の役にも立たないではないか、と夕里はがっかりしたが、もう口には出さなかった。

「でも、六蟲の住まいが、あの地域だという見込みはつきました」

「えっ……な、何ですって？」

すっかり浦根に期待しなくなった矢先、とんでもない発言をされ、彼女は思わずつめ寄っていた。

「どうして、そんなことが分かるんです？」

「ふっと突然、足音が消えたから……。あれは間違いなく、どこか近くの建物に入ったせいです」

「一時的に隠れただけとか」

「確かに私の足音が、追跡しているように聞こえたかもしれません。しかし、いつまでも動かないわけにはいかない。かなり執拗《しつよう》に、あの周辺は歩き回りましたからね」

「つまり犯人は普通に、自宅に帰った……？」

「私は、そう推理しています。それで、あの地域を探る前に、あなたに昨夜のことをうかがっておきたくて、こうしてお邪魔したわけです」

そこで浦根は、改めて頭を下げた。

「そう言われても、私も犯人の顔は見ていませんし……」

「少しもですか」

「はい……。家から逃げ出すとき、完全に顔をそむけてました。こっちも怖かったですから、自然に身を引いていて、よけいに見えなかったかも……」

「そうですか……いえ、無理もありません。逃げて行った方向は？」

浦根がポケット版の地図を取り出すと、江素地の頁を開いて差し出したので、

「こっちの方です。あの家から西になります。ただ、足音は途中で、南西の方へ消えて行ったような……」

「い、いっしょです」

浦根が興奮している。

「これで探る地域が、ほぼ決まりました」

「あっ、そうだ。六蠱が女装していたことは？」

「まさか……とは思ったんですが、やはりそうでしたか」

「どうしてです？」

「足音が、どうもハイヒールのように思えて。とはいえ男の革靴でも、けっこう似た音が出る場合もあります。それで、気のせいだろうと考えました」

夕里が昨夜の出来事を話すと、浦根の興奮はさらに高まった。

「ということは、被害者の女性は襲われる瞬間まで——いえ、自由を奪われたあとでさえも、なぜ自分が見ず知らずの女に捕まったのか、まったく訳が分からなかったに違いありませんね」

「岩野奈那江さんも、同じことを言ってました。相手が男なら、とっさに悲鳴を上げていたかもしれないけど、女だったので、えっ……という驚きの方が先にきたって」

「だからこそ六蠱は、八月上旬から犯行を続けてこられたんですよ」

「……」

夕里はそこで、志津香を悩ませていた視線の件を思い出し、何とも言えない気持ちになった。

志津香が振り向く気配を察すると同時に、六蠱は邪悪な視線を発する殺人鬼から、ごく普通の女へと変化《へんげ》していたんだ。

そんな変装をしているとは、もちろん夕里に分かるはずもない。しかし、彼女は自分を責めた。得意になって探偵の真似事をしていたくせに、多崎から擬態というヒントをもらっていたのに、犯人の女装という簡単なアイディアが浮かばなかった。そのために志津香は、無惨にも……。

「なぜ発表しないんだ」

「えっ？」

夕里が我に返ると、浦根が憤っていた。

「六蠱が女装して、被害者に近づいていると分かれば、ターゲットになりそうな女性は全員、そういう警戒をするはずです」

「……なのに、どうして？」

「おそらく警察は、犯人追及の手がかりになると考えているんでしょう。それで、この事実を伏せている」

「なんか変です。六蠱を捕まえるためとはいえ、それで新たな被害者が出てしまったら、まったく意味がありません」

「私ひとりでも、必ずヤツを追いつめます」

「で、でも……、ひとりだと、何かと大変じゃないですか。ここは六蠱の捜査をしている人たちに、あなたの考えを——」

「話してしまったら、私は事件に関われません」

そんなこと言ってる場合じゃないでしょ——という言葉を、夕里は呑《の》み込んだ。彼の心情を思うと、とても口にはできない。

「私の目的は、六蠱を逮捕することじゃない」

「えっ……」

「敵討にあります」

浦根の激しい口調と、とっさに腰へ右手をやった仕草から、六蠱を見つけたら射殺するつもりなのかもしれない、と夕里は感じた。

早まったこと、しなければいいけど……。

それから浦根は、夕里が受けた昨夜の事情聴取や岩野奈那江の様子などを聞き出すと、おもむろに立ち上がった。

「私のことは黙っていて下さい——とは、もちろんお願いできません。しかし、大島さん自らが進んで警察に教えるのは、できればしないでいただきたい。もし向こうから訊《き》かれた場合は、もちろん喋《しゃべ》って……というより、そのときは話すべきだと思います。勝手を言いますが、よろしくお願いします」

一礼してから、彼女の返事は待たずに、足早に去って行った。

午後は、ほとんど仕事が手につかなかった。簡単なミスを連発し、上司にしかられる前に、後輩に心配されたほどである。

定時を過ぎても、夕里は残っていた。仕事が片づかなかったせいもあるが、多崎との待ち合わせが八時に新宿だったからだ。

時間通りに新宿の和食の店に行くと、個室が予約されていて驚いた。だが、考えてみれば話す内容は六蠱《むこ》の猟奇連続殺人事件である。カウンターやテーブル席では、ちょっとできそうにもない。

夕里が顔を出すと、すでに多崎はビールを呑んでいた。

「お疲れ様です」

「お疲れさん。悪い、先に呑んでるぞ」

「あっ、どうぞ」

彼の向かいに座ると、同じ生ビールを注文する。

「今日は、ずっと外だったんですか」

「〈マーダーズ・ファイル〉の著者との打ち合わせが、たまたま今日に集中してな。三人もいたうえ、図書館巡りをして資料を漁《あさ》る必要もあったから、ずっと車で移動していた」

「だったら呑んじゃ……」

「車は置いてきたから、まったく問題なし」

軽く乾杯をし、料理のオーダーをすませると、さっそく事件の話になった。

まず昨夜の出来事を、夕里が一通り説明する。ところどころで多崎の質問が入り、今日の昼の浦根の訪問まで喋るころには、かなりの時間が経っていた。

「それにしても、大変だったな」

「びっくりしました。正直とても怖かったです」

「警察は、その女装した男が、六蠱だと考えているわけか」

「最初は一言も、そんなこと口にしなかったんですよ。でも、私が遠回しに尋ねると、どうしてそう思うのかって突っ込まれて。それで志津香の事件に触れると、絶対に喋るなって念を押されて、六蠱の可能性が高いって教えてくれました」

「その岩野奈那江という人は、我が身に起きた出来事を、どうとらえているんだろう?」

「彼女とは別々の部屋で、事情を聞かれたんです。だから、よく分かりません。ただ、あとでいっしょの部屋になって、ずいぶんと待たされたときに、色々とお互いのことを話しました。なんか、けっこう家庭が大変みたいで……」

奈那江から聞いた家の件を伝えると、多崎は複雑そうな表情で、

「こんなこと言うと不謹慎だけど、もし彼女がその家で殺されていたら、父親に対する凄《すご》い復讐《ふくしゅう》になっていただろうな」

「そんなぁ……。偶然とはいえ、なんだか気味が悪いです」

「ああ、不吉な暗合というか、運命の組み合わせとでもいうか。本当に起こっていたら、その家は確実に幽霊屋敷と呼ばれるよ」

「私、志津香だけじゃなく、岩野奈那江さんの殺人未遂にまで関わって……」

「当山さんの事件でも、少し巻き込まれた感じはあったけど、今回は完全にそう言える状況だからな」

「もちろん、ただの偶然だと思うんです。でも……、やっぱり恐ろしい気がしますし、そんな運命なのかなって……」

「確かに偶然や運命としか言いようがない……と思えるけど、まったく説明ができないわけじゃない」

「どういうことです？」

「しょせん六蠱も人間だってことさ。ネットじゃ一部のバカが、女性美を追求する神だと騒いでるけど――」

「美神とか言われてますね」

「六蠱の軀《からだ》という呪術《じゅじゅつ》を取り行なうことから、悪魔的な能力を有する人物だと思われているらしい。なかには不老不死だとか、人間以上の存在だとか、ヤツを超人のごとく崇《あが》める者も出てくる始末だ」

「気味の悪い盛り上がり方をしてるなって、私も思います」

「けど実際は、異性に対して病的な性的嗜好《しこう》を持つ異常者に過ぎない」

「はい……」

「この手の犯罪者は、単独犯が多い。つまり、不特定多数の女性の中から被害者を選んでいるのは事実だとしても、どうしても偏りが出てくる」

「女性の好みにですか」

「うん、選別の基準もそうだけど、何より行動範囲が限られる。ひとりだからという物理的な理由と、本人が無意識に動きやすい地域に絞ってしまうためだ」

「あっ……それじゃ、偶然というのも……」

「君が六蠱の行動半径内に、いつの間にか入っていたからかもしれない。そう考えると、それほど不思議ではないし、怖い偶然だとか運命だなんて悩む必要もない」

多崎の解釈には説得力があった。だが、だからといって夕里が安堵《あんど》できたかというと、まったく違った。

「なんか、よけいに怖くなってきました。自分でも気づかないうちに、六蠱が張った蜘蛛《くも》の糸に、引っかかって逃げられないような……」

「浦根という巡査の推理が正しければ、六蠱の住まいは江素地にあるわけだ。自分の生活空間や仕事場から網を広げるのは、犯人にとっては自然だと思うから、そうなると君は最初からヤツの行動半径内にいたことになる」

「そう考えるのは嫌ですけど、納得はできますよね」

「ただ……」

多崎が言いよどんだので、夕里が問いた気な顔をすると、

「いや、六蟲があの地域に住んでいるのなら、よく今まで君が狙われなかったな、と疑問に思ったものだから」

「へ、変なこと……言わないで下さい」

本気で夕里が怯《おび》えたのが分かったのか、多崎は慌てた様子で、

「すまん、脅すつもりはなかったんだが……。しかしな、用心した方が良いのは確かだぞ。これまでは灯台もと暗しで、単に見逃していただけかもしれん。だけどヤツは昨夜、君を見ている」

「……」

「候補に加えた可能性があるってことだよ」

「まさか……」

「本人に面と向かって、こう言うのはショックが大きいと思うけど、六蟲が君の顔を見初めたとしても、僕は驚かないね」

つまり頭部の候補というわけだ。すでに浦根にもほのめかされていたが、具体的に考え

たとたん、背筋に冷水を流し込まれたように、ぞっと寒気がした。

「ね、狙われたのは私じゃなく、岩野奈那江さんです」

「だから言ってるだろ。彼女を襲った現場で、ヤツは君を見ているんだって」

「そうだとしても、すぐに私が……。それに、あの家は暗かったんです。あんな一瞬の出来事で、こちらの顔まで……」

「当事者の君が言うんだから、心配のし過ぎかもしれない。ただ、用心するに越したことはないだろ？　それに、どうも君は、自分の容貌《ようぼう》を過小評価する傾向があるな。普通は男女とも、逆の人間が多いのに珍しいよ」

「そんなことありません」

むきになって反論する夕里を、まぁまぁと多崎はなだめながら、

「それで思い出したけど、岩野奈那江さんが狙われたのは、どこの部位だったんだ？」

「私には、よく分かりませんでした」

「だって残ってるのは、頭部、下腹部、両足じゃないか」

「……」

「もしかして、どれにも当てはまらなかったのか」

「……そんな気がしたんですけど」

「彼女の容姿を教えてくれ。君の印象でかまわないから」

多崎に頼まれ、夕里はできる限り的確な描写を心がけた。

「……となると、岩野さんには失礼だが、すでに六蠱《むこ》が犯行を終えている部位もふくめて、絶対に候補にはなりそうもない人だな」

「はい……」

「ただし、犯行声明文にあった〈五つの部位がそろったところで、とある身体に移し代える〉という〈とある身体〉が、ひとつだけ残っている」

「あっ……そうか」

正直なところ、なぜ彼女が狙われたのか、それが不思議だった。とはいえ猟奇殺人をする犯人の好みなど、自分が分かるわけがないと思い、あまり深く考えなかった。だが、多崎の指摘で、ようやく合点がいった。

しかし多崎は、まだ何か考えているらしい。

「どうしたんです?」

「いったい六蠱は、どうやって岩野さんを選んだんだろう?」

「えっ……」

「他の部位は、完全に見た目の問題だ。だけど、とある身体は違う。すべての部位をそこに移すということは、六蠱にとって何か特別な存在、つまり身体だとは考えられないか」

「なるほど……。でも、それって……」

「ああ、彼女の近くに、六蠱はいるのかもしれない」

「……」

「考えられるのは、友人などの昔からのつき合いか、家の近所か、職場関係か……ってとこかな」

「家のごたごたがあってから、お仕事は休まれてるらしいんです。それで、あまり出歩かずに、お母さんと二人で静かに暮らしてるって。むしろお母さんの方が出歩いてると、彼女は苦笑いしてました」

「なら、彼女が働いていたときの人間関係を、まず重点的に調べる必要があるな」

「多崎さん、それ、警察に話した方が――」

　そう言うと、彼は笑いながら、

「これくらい、とっくに警察も考えて、すでに動いてるんじゃないか」

「江素地のどこかに、六蠱の住まいがあるという浦根さんの意見も？」

「近い考慮はしているかもな。ただ、その巡査のように、具体的な手がかりがあるわけじゃない。逃げる途中で犯人の足音が消えた。この事実を知るか知らないかで、江素地での捜査も変わってくるだろう」

「浦根さんのこと、警察に言うべきでしょうか」

「彼の動機は分かるけど、警察官としてはまずいよ」

「やっぱり……」

「いくら休職中とはいえ、事件に首を突っ込んでるんだからな。警察手帳をコピーしたのも、立派な犯罪だ」

「……ですよね」

「それと気になるのは、浦根が六蠱を逮捕するつもりはない、と言った点だ」

「私の印象に過ぎませんけど……」

「彼が六蠱を射殺するイメージが、とっさに浮かんだんだろ」

「はい」

「そのときの彼の言動から、そう君は察したわけだから、俺は信憑性《しんぴょうせい》があると思う」

「……」

「しかし彼は、休職中だ。拳銃《けんじゅう》は当然、警察に返しているはずなんだが――」

「えっ……まさか！」

「秘《ひそ》かに持ち出している可能性はあるな。休職中の個人的な捜査だけでもまずいのに、そこまでしていたら――」

「首……ですか。だったら私、告げ口するような真似はしたくありません」

「一番いいのは、上にバレる前に、彼を止めることだ。けど、そんな忠告には耳を貸さないんじゃないか」

「たぶん……」

「そうなると、警察が彼の行動に気づくのも、時間の問題だろう」

「その前に浦根さんが、六蠱の住まいを突き止められれば――」

「うーん……組織を無視した個人的な捜査の責任と、それは別だからなぁ。結局、何らかの処罰は受けると思う」

「そんなぁ」

あの若い巡査が、夕里はとても気の毒になった。

だが、浦根の活躍により、事件がとんでもない展開を見せようとは、このとき二人は知る由もなかったのである。

独白

失敗を犯した。
反撃にあって焦ったあまり……。
もう少しで捕まるところだった。
警察の捜査の手が、近づいている気がする。
再び黒衣の女が現れた。
気にせず蒐集《しゅうしゅう》を続行せよ、と言う。
そうだ。ここまできて止めるべきではない。
あの首が欲しい……。

九　足音の先に

「どうだ？」

曲矢が声をかけると、塀の角にいた山下《やました》が慌てて振り向いた。

「あっ、お疲れ様です。浦根は相変わらず精力的に、聞き込みをやっています。南場《なんば》さんは、その聞き込みの聞き込みをしている最中です」

南場も山下も所轄署の刑事である。二人は今、秘かに浦根保の行動を追いつつ、その目的を探っているところだった。

昨日の昼、大島夕里の護衛についていた刑事が、彼女に近づく不審な男を目に留めた。尾行して調べた結果、なんと吉祥寺の交番に勤務する巡査だと分かった。

報告を受けた新恒警部から、しばらく泳がせろと命令が下ったため、南場と山下の両刑事が張りつくことになった。そこに新たな情報が寄せられ、曲矢たちは驚いた。第一の被害者である萩原朝美が、浦根の交番に出入りしていたというのだ。しかも彼女が殺害されてすぐ、彼は休職願いを出している。

ただし、浦根と萩原の間に、個人的な関係はなかったらしい。上司と同僚の話によると、どうやら彼の片想いだったようである。

　昨夜、南場の報告を聞いて、曲矢は興奮した。

「つまり浦根は、六蠱《むこ》を捜してるって言うんですか」

「そうとしか思えません。岩野奈那江が襲われた家から、南西の方角に向かって、彼の聞き込みは進んでいます。その内容というのも、昨日の二十時過ぎから二十一時までの間で、女装をした男を見なかったか、また走っている足音を聞かなかったか、というものなのですから」

「南西へ進んでいるのは、何か根拠がありそうですね」

　階級は曲矢の方が上だが、平とはいえ南場はベテラン刑事のため、さすがの彼も乱暴な口調は控えている。

「ひょっとして昨日の夜、浦根は現場近くにいたのかもしれませんな」

「だとすると、大島夕里か岩野奈那江か、どちらかを尾けていたんでしょうか。でも、いったい何のために？　それに彼は、どうして二人の存在を知ったのか」

「理由は、萩原という女性の敵討ですかなぁ」

「片想いだったのに、ですか」

「浦根巡査は若者らしく、一本気なところがあると聞いております。休職の事由が、確か個人的な問題でしばらく実家に帰る必要ができたため、というものでした」

「彼の実家は、名古屋です」

　横から山下が口をはさむと、南場はうなずきながら、

「ところが、実は東京に残っており、なぜか大島夕里や江素地の周辺をうろついているわけです。おそらく浦根は、六蠱の事件記録を覗《のぞ》いたんでしょうね。その気になれば平の巡査とはいえ、警察内部にいるのですから、いくらでも調べる方法はあります」

「そこで大島夕里に目をつけた」

「六蠱の第四の犯行に出会《でくわ》したわけですから、なかなか慧眼《けいがん》だったことになりますな」

「そうか！」

　思わず曲矢は、大声を上げた。

「大島が何か隠し事をしている感じがあったのは、浦根のことだったんだ」

「彼も現場にいたのでしょうか」

　山下の疑問に、曲矢は意見を求めるように、南場を見た。

「浦根巡査が大島夕里を尾行していたのなら、彼女が岩野奈那江を助けたとき、あの家の近くにはいなかった可能性があります。夜道に女性のあとを尾《つ》けるのですから、少し距離を取る必要があるでしょう」

「そうですね。つまり彼は、犯行現場も犯人の姿も、目撃していないのかもしれない」

「いかに片想いの女性のためでも、彼も警察官です。犯人逮捕につながる重要な光景を目にしていれば、きっと報告したはずと、私は信じたいです」

そこまで曲矢は甘く考えていなかったが、先輩を立てて何も言わずにおいた。

「浦根は昨夜、岩野が襲われたあとで、あの家に駆けつけた。そこで二人から事情を聞いてはじめて……いや、でも南場さん、どうして大島は浦根のことを、我々に話さなかったんでしょう？」

「大島夕里も、萩原朝美と同じ若い女性ですからな」

「はっ？」

「浦根巡査の想いに、心が動かされたのかもしれません」

結局、新恒の命令もあり、翌日も引き続き浦根を見張ることになった。

そして今日、曲矢は朝から警視庁に出かけ、南場と山下が連係プレーで浦根の行動を追っていたのである。

「南場さんが言うには、昼のニュースのあとですから、浦根の聞き込みは、ちょっと波紋を広げているようです」

山下の報告を受け、無理もないと曲矢は思った。

警察は今朝になって、六蠱が女装している可能性を発表し、若い女性たちへの注意をうながした。それが昼のニュースで流れたあと、「一昨日《おととい》の夜、女装した男を見かけなかったか」と私服の巡査が訪ねて来て、さらに刑事が確認に現れるのだから、誰でも不安になるだろう。

　「騒ぎまでにはなってないのか」

　「はい。一戸建ての家が続く住宅地で、隣同士の奥さんたちが、井戸端会議をしているくらいです」

　「今、浦根は?」

　「あそこの建物です」

　山下が指差したのは、〈フレンドハウス〉という三階建ての集合住宅だった。二人が隠れている塀の角からは、全戸の扉が一望できる。

　そのとき、一階の廊下の左手に浦根が現れた。彼は端から順番にインターホンを押しては、何やら話している。扉を開けて出て来た住人には、一枚の紙切れを示して、さらに話をする姿が見られた。

　「あの紙は、何でしょう?」

　「警察手帳のコピーじゃねぇか。野郎、完全に職権乱用してやがる」

　「まずいです……よね」

　「当たり前だ。懲戒免職もんだよ」

　一階から二階の奥の部屋の手前まで、浦根の聞き込みに成果はないように映った。それが二階の右手端の部屋で、急に変わった。少しだけ開いた扉越しに、彼は住人と喋《しゃべ》っているのだが、いつまで経っても終わらない。むしろ彼が扉に頭を突っ込み、今にも入室しそうに見える。

「まさか、浦根のヤツ……」

「む、六蟲に行き当たったんでしょうか」

曲矢と山下が固唾《かたず》を呑んで見守っていると、三階の廊下にひとりの男が現れた。背広を着た五十前後の男性で、そのまま廊下を奥へと進んで行く。と、そこで二階の浦根が動いた。足早に廊下を戻ると、階段を駆け上がり、三階の廊下に出たところで、はっと立ち止まる。

その間に、背広の男性は三階の奥へ辿《たど》り着き、部屋の前に立ってインターホンを押しはじめた。だが、何の応答もないのか、何度も押し続けている。やがて携帯電話を取り出すと、かける仕草をしてから、部屋の扉に耳を寄せる姿勢を見せた。

「何をしてるんでしょう?」

「部屋の主を訪ねて来たが、インターホンには出ない。それで相手の携帯にかけて、室内で呼び出し音が聞こえないか、おそらく試してるんだろう」

「なるほど、居留守を疑ってるわけですか。あの背広の男、借金の取り立て屋かもしれませんね」

そんな会話をしているうちに、なおも男はインターホンを押し、扉をノックしながら、室内に呼びかけ出した。その声が微《かす》かながら、どうも「みなかみせんせい」と言っているように聞こえる。

「先生ってことは、学校の教師ですかね」

「そうとも限らんが……」

曲矢は応じかけて、はっと三階の右端から左端に視線を移すと、

「ひょっとして浦根のヤツ、同じ部屋を調べるつもりかもしれんぞ」

「だから男の様子を、さっきから覗いてるんですね」

山下も浦根に目を戻したとたん、当人が廊下の奥へ向かって歩き出した。

「接触する気か」

曲矢の読み通り、浦根は奥の部屋まで行くと、背広の男に話しかけた。相手は戸惑っている様子だったが、彼が紙切れを取り出すと、急に何やら訴えはじめた。

「やけに会話がはずんでませんか」

「利害が一致した——っていう風に見えるな」

やがて、浦根が三階の他の部屋の、インターホンを押し出した。二つ目の部屋で応答があったのか、しばらく話して手帳にメモを取っている。それから携帯を取り出すと、どこかに電話をかけた。

「もしもし、警察の者ですが、フレンドハウスの大家さんですか」

そんな浦根の声が、はっきり聞こえてきたところで、

「おい、行くぞ」

山下をうながして、曲矢は問題の建物へと向かった。

「大家を呼んで、あの部屋を開けさせるつもりでしょうか」

「たぶんな。そこまでするからには、あの背広の男の話に、何か重要な手がかりがあったに違いない。となると、もうヤツには任せておけん」

フレンドハウス内に入った曲矢は、階段を二段飛ばしで、あっという間に三階まで駆け上がった。

「そ、そんなに、急がなくても……」

少し遅れて山下が、息も絶え絶えに上がって来る。

「お前、それじゃ刑事は勤まらんぞ」

「は、はい……」

曲矢たちが廊下の奥へ進んで行くと、背広の男と話していた浦根が気づいた。

「大家さん……じゃないですよね?」

少し笑みを浮かべかけていた顔が、一瞬にして強張《こわば》る。どうやら一目で、曲矢たちの正体を悟ったらしい。

「所轄の曲矢だ」

警察手帳を見せると、浦根は直立不動の姿勢で敬礼した。

「浦根保巡査だな？」

「はっ、そうであります」

「個人的な事情も、ここまで辿り着いた経過も、一切の説明はいい。とにかく今、この場で何が起こってるのか、それだけを簡潔に教えてくれ」

「分かりました」

自分の後ろの背広の男を、ちらっと浦根は振り返ると、

「あの方は、江素地高校の教頭先生で、この三〇八号室に住んでいるのが、同校の美術教師の水上優太《みなかみゆうた》先生になります。その水上先生が昨日、無断欠勤されました。今日は土曜日ながら、文化祭の準備があるため、午前中だけ登校する予定でした。ところが、また水上先生が無断欠勤をされた。昨日から電話をしているのに、一向に出られません。それで、こうして訪ねてみえたわけです」

「あのう――……」

恐る恐るといった感じで、後ろの教頭が声を上げた。

「こんな風に警察の方がいらっしゃるのは、水上先生が何か事件に――」

「いえ、まだ何も分かっておりません」

そっけなく曲矢は応じると、浦根を手招きし、三〇八号室から二部屋分ほど廊下を戻った地点で、

「六蠱《むこ》が水上優太だという根拠は？」

「……」

再び彼の表情が強張った。何か口にしかけたが、いちはやく察した曲矢は、

「お前の個人的な事情はいい。そう言ってるだろ」

「はっ……」

「警察官らしく、理路整然と話せ」

なおも浦根はためらいを見せたが、急に背筋を伸ばすと、小声ながらもしっかりした口調で、

「ここまで聞き込みを続けました結果、一昨日《おととい》の八時半から九時ごろの間に、このフレンドハウスに妙な女が入って行った、という複数の目撃情報を得ました。何が妙なのかを探りましたところ、女性にしては異様に髪の毛が短かったような……と、思い出した人がいまして」

「男の髪型だったわけか」

「はい。そこで、この建物の一階の部屋から、順に聞き込みをはじめました。すると二階の奥の部屋で、二〇八号室になりますが、とても興味深い話が出ました。一昨日の夜、時

間は八時過ぎから十時前と幅があって、正確には分からないそうですが、上の階の住人が帰宅する物音を、はっきり聞いたと。なぜ覚えているかというと、とてもうるさいハイヒールの足音がしたからであり、しかも部屋の中に入っても、そのまま床の上を歩いていたためだと。二〇八号室の住人が証言いたしました」

「はじめて聞く物音だったのか」

「そのようです。今まで、あれほど響く足音は聞いたことがないと。そこで自分は考えました。おそらく普段の出入りでは、あまり目立たないように静かに歩いていたのが、あの夜だけはそんな余裕がなかった。部屋まで逃げ帰るのに必死で、思いっきり走ってしまった。帰宅してからも動揺のあまり、ハイヒールを脱がずに部屋に上がった。だから階下の住人に、その異様な物音が聞こえたのではないか」

「悪くないな」

「ありがとうございます」

「水上優太の年齢と容姿は？」

「二十六歳です。背は高からず低からずの細身で、女生徒に人気のある美男子とのことです。つまり女装しても、夜なら見破られない可能性が――」

そのとき、フレンドハウスの大家が到着したと、山下が知らせてきた。

曲矢は、まず大家を教頭に引き合わせると、水上の無断欠勤と連絡がつかないことを伝えた。そのうえで、できれば部屋の中を改めたいと申し出た。

「はぁ……。けど、外出されてるだけかもしれませんし……ね」

さすがに大家が躊躇《ちゅうちょ》した。住人の勤務先の上司と警察官が来ているとはいえ、部屋を借りているのは成人した社会人である。無断で鍵《かぎ》を開けることに、ためらいを覚えたのも無理はない。

「あの、どうして警察の方が？　教頭先生が呼ばれたんですか」

「い、いや、違います」

「責任は、私が取ります」

曲矢が改めて教頭と大家の二人に、自分の所属と氏名を告げた。後ろで山下が、しきりに心配している。下手をすると浦根だけでなく、曲矢も職権乱用に問われかねない。

「そこまでおっしゃるなら……」

大家は合鍵《あいかぎ》を取り出すと、三〇八号室まで進んだ。どうやら曲矢の態度に、少なからぬ不安を感じたようである。

扉が開けられるや否や、曲矢は真っ先に入室した。

「ちょっと待っていて下さい」

あとに続こうとする教頭と大家を、その一言で制止すると、

「警察の者です。水上優太さん、いらっしゃいますか」

そう呼びかけながら、ひとりで廊下を辿《たど》り、ハンカチを巻いた手で奥の扉を開いた。

「うっ……」

そこは、八畳ほどの広さの部屋だった。正面と右手に窓があるが、カーテンが閉まっているため室内は薄暗い。だが、まるで大乱闘がくり広げられたように、部屋中が荒らされている中で、若い男性が仰向けに倒れている姿は、嫌でも目についた。

「山下！　署に連絡しろ」

曲矢の一声だけで、何が起こったかは充分に伝わった。そこへ南場が合流したので、簡単に経緯を説明する。それから教頭を呼び入れ、男性の身元確認を行なった結果、水上優太であることが判明した。念のため大家にも見てもらったが、確かにこの部屋の住人であると証言した。

「絞殺ですか」

遺体を観察していた南場が、教頭と大家が部屋を出るのを待って、

「丸一日以上は経ってますな」

「水上は六蟲じゃなかった。むしろ六蟲に殺された。そう見るべきなんでしょうか」

首に巻きついた白い紐《ひも》を見つめながら、曲矢が首を傾げた。

「下の部屋の住人が聞いたのは、水上が帰宅したものではなく、六蟲が訪ねて来た物音だったのかもしれません」

「せっぱつまった六蟲は、水上の部屋に逃げ込んだ？　もしそうなら、二人は知り合いだったことになります」

曲矢は少し考えてから、

「山下、二〇八号室に行って、木曜日に在室していた時間と外出していた時間、その詳細を訊《き》いてこい。ハイヒールの他に、この部屋から何か物音がしなかったか、それも合わせて尋ねろ」

すぐに山下が出て行き、南場は遺体の改めを続けた。

「仏さんは、正面から首を絞められています。ざっと見た限り、他に外傷がないうえ、被害者が抵抗した様子もありません。こりゃ例の神経を麻痺《まひ》させる薬が疑えますな」

「タオルは落ちていませんね」

そう言いながら曲矢は、室内を一通り捜し回った。

「これは……、水上を六蟲と見るのは、やっぱり間違いですね」

「と言いますと？」

「この部屋には女の衣服や化粧品などが、まったく何ひとつ見当たらないんですよ」

「ますますハイヒールの人物が、水上ではない可能性が出てきましたな」

「靴も確認しておきましょう」

曲矢は玄関に戻って三和土《たたき》を調べたが、男物の革靴と運動靴があるだけで、女物の履物はいっさいなかった。

　そこへ山下が帰って来たので、二人で奥の部屋へと引き返す。

「浦根の様子はどうだ？」

「ちゃんと扉の前で、見張り番を務めています」

「そうか。で？」

「二〇八号室の住人は、木曜日は朝から出社していて、帰宅したのは十九時ごろだったらしいです。ただ、仕事で嫌なことがあったとかで、すぐに呑《の》み出したため、そこからの時間が曖昧《あいまい》になっているようです」

「ハイヒールの足音を聞いたのが、八時過ぎから十時前と幅があるのは、そのせいか」

「逆に言いますと、それほど慌ただしい物音だったわけです」

「他の音は？」

「聞いていないそうです。もっとも、いつの間にか寝てしまって、気がついたら夜中の二時半だったため、シャワーを浴びて、ベッドに入ったと言っています」

「役に立たん野郎だな」

「はぁ……」

　山下は自分が怒られたかのように恐縮したが、しげしげと室内を眺めながら、

「でも、これが争ったあとなら、いくら何でも目を覚ましたのではないでしょうか」

「確かに。となると偽装か」

南場が部屋の方々を指差しつつ、

「あの姿見は倒れていますし、こっちでは時計が、そこにはウイスキーのビンが床に落ちています。しかし、鏡もガラスもビンも割れていません。仮に乱闘があったのなら、どれかひとつ、ヒビくらい入っても良さそうなもんです」

「そうですね。しかし、何のために？」

「被害者と顔見知りだとバレるのを恐れてか、強盗殺人に見せかけるためか、もしくは何かを捜した痕跡《こんせき》を隠そうとしたのか。ただし、例の薬を使っているのなら、強盗殺人の線はありませんな」

「いずれにせよ水上優太と六蠱には、何らかの関係がありそうですね」

「被害者の周辺を、徹底的に洗いますか」

「それと、もうひとつ。水上優太と岩野奈那江の接点です。あくまでも私の勘ですが、六蠱↓水上優太↓岩野奈那江という順番で、三人はつながっているような気がします」

「なるほど。岩野の会社関係や交友について、まだ具体的な報告はありませんが、どうやら望み薄らしいと漏れ聞いています。しかし六蠱が、もし水上を介して岩野を知ったとすると、話は別です」

「彼女の周囲に六蠱の影が見えないのは、当たり前になりますからね」

「お話し中、すみません」

二人のやり取りに、山下が割って入った。

「いったい木曜日の夜、この部屋で何があったと、お考えですか」

どうぞとゆずる仕草を南場が見せたので、想定できる状況を簡潔に曲矢が述べた。

「あの家で岩野奈那江を襲った六蟲は、大島夕里という思わぬ邪魔が入ったせいで、仕方なく逃げた。しかし、かつらを奪われ、首から下だけが女装の状態では、大して遠くまで移動できない。電車やタクシーに乗るのは論外だ。あまりにも目立ってしまう。この段階で自分を追って来る者の存在、浦根に気づいた可能性もある。とにかく逃げなければならない。そのとき六蟲は、近くに水上優太が住んでいることを思い出した。他に行くところがないため、とっさに水上を訪ねた」

「水上は、さぞ驚いたでしょうね」

「どんな言い訳をしたのやら……。いや、階下の住人の話では、ハイヒールのまま室内まで入ったというから、扉を開けさせたあとは、一気に襲いかかったのかもしれん」

「最初から殺すつもりだった？」

「たぶんな」

南場に顔を向けると、重々しくうなずいている。

「殺害後、部屋中を物色して、自分と水上の関係がバレるものを捜した。そして水上の衣服に着替え、女装に使った服と靴を紙袋にでも入れ、始発が動き出す時間帯まで待ってから、この部屋を出た。遺体の発見を遅らせるため、水上から奪った鍵で扉を閉めた」

そんな説明をしているところへ、所轄の河所《かわどころ》警部と刑事たち、それに鑑識が到着して、たちまち現場検証がはじまった。

河所とは馬が合わなかったので、曲矢は現場で行なった検討の報告を、すべて南場に一任した。もっとも曲矢と仲の良い者など、署内では数えるほどしかいない。刑事としては非常に優秀なのだが、いつも独善的な捜査をしてはチームの和を乱すため、特に上からは煙たがられている。

二人の関係を分かっている南場は、自分の役目を如才なくこなした。曲矢の考えを述べるときは、忘れずに彼の名前を出すという気配りも見せた。

河所は黙って聞いていたが、おおむね曲矢の意見には肯定的だった。だが、三日後に警視庁で開かれた捜査会議で、それが新恒警部によって否定されることになるとは、このとき曲矢は思いもしなかった。

十　訪問

日曜日の午後、大島夕里は江素地《えそじ》の隣駅に当たる尺子谷《さしごだに》の改札口で、多崎大介と待ち合わせをした。

「おっ、早いじゃないか」

約束した二時の十分前に行くと、すでに多崎の姿があった。

「先輩をお待たせするわけにはいかない――って思ったのに、多崎さんこそ、ずいぶんと早いんですね。はりきってます？」

「いや、俺は仕事柄、いつも十分前には着くようにしている」

「さすが！　できる編集者は違います」

二人は軽口をたたきながら歩き出したが、その足取りは少し重い。いっしょに岩野のマンションを訪ねる予定だったからだ。

駅前の小さな商店街を通り抜けると、すぐに住宅地へと周囲の風景が変わる。マンションに着く前にと思ったのか、多崎が肝心な話を振ってきた。

「岩野さんは必ずしも、俺の同行を喜んではいないんだろ?」

「……みたいでした。お電話して、お邪魔したいと言ったとき、嬉《うれ》しそうな返事をいただいたんです。とても大人しい方ですから、本当にひかえめな反応ですけど。それが、多崎さんのことをお伝えしたとたん……」

「あんな事件のあとだからな。誰であれ男には会いたくないのかもしれん」

「それもあるでしょうが、むしろお母さんを気にしているようで……」

「母親を?」

「お父さんの愛人問題、その後の騒動、さらに離婚を巡る話し合いと、かなり辛《つら》くて大変な思いを、彼女のお母さんは味わっています」

「今ではマンションに、すっかり閉じこもってるんだったか」

「いえ、それは彼女の方です。お母さんは出歩くんです」

「だったら――」

「でも、髪の毛もお化粧も身なりも、何も気にしない状態で、ふらふらっと目的もなく、まるでそういったお年寄りのように……」

「徘徊《はいかい》老人か」

「あっ、それです。これまでに夫から受け続けた心労が、ここで一気にあふれ出したんじゃないかって、彼女は案じています」

「なるほど。あまり他人には会わせたくないわけだ」

多崎が大きく溜息《ためいき》をついた。

「彼女も、母親の面倒を見る必要があるしな」

「幸い、その心配はないらしいです。ふらふらと出歩くといっても、出先で何か問題を起こすとか、迷子になるとかじゃなくて、ちゃんと帰っても来るので、本人の好きにさせているようですよ」

「とはいえ一度、医者に診せた方がいいだろ」

「彼女も考えてるみたいですが……。ただ、六蠱《むこ》の事件が解決してから……と思ってるようで」

「無理もない。今は母親よりも、自分のことで手いっぱいだろう」

「マンションにいても、怖いと言ってました。だから私の訪問を、とても喜んで下さったと思うんです」

「俺は、完全にお邪魔虫かぁ……。こんなもんくらいじゃ、受け入れてもらえそうにないよなぁ」

差し上げた右手の紙袋には、どうやら菓子折が入っているらしい。

「でも、ごいっしょする多崎さんは、六蠱事件について調べているので、色々と相談できると思います――って言ったら、ようやく彼女も承諾してくれました。だから、きっと大丈夫です」

「だったらいいけど」

「あっ、ここです」

電話で聞いた道順のメモを見ながら歩いていた夕里が、目の前のマンションに〈グランドパーク尺子谷〉のネームを認めたときだった。

「私も同行したいのですが」

いきなり後ろから声をかけられ、びっくりした。

「あっ、あなたは……」

振り返ると、そこには浦根保が立っていた。

「こ、この人です。お話しした交番のお巡りさんて……」

「ああ、吉祥寺の浦根巡査ですね」

いちはやく察した多崎が、如才なく自己紹介をした。

「大島さんと同じ会社ということは、当山志津香さんもご存じだったんですか」

「はい。親しいとまでは言えませんが、お顔は知ってました。それに、薄気味悪い視線に悩まされていると、大島さんを通じて聞いていたのですが……。何もできないうちに、あんなことになって……」

自然に多崎の頭が下がるのを見て、夕里が口をはさんだ。

「いえ、多崎さんは、志津香にアドバイスを下さったんです。もし彼女が、ちゃんと聞いていたら……」

「おいおい、当山さんに罪はないよ」

「……そうですけど。あっ！」

　そこで夕里は、急に浦根の方を向くと、

「また私のあとを、尾《つ》けてたんですね」

「警護です」

「それは表向きの理由で、本当は囮《おとり》なんでしょ」

「違いますと否定しても、そう信じ込んでるみたいですから」

「こちらのせいに、しないで下さい」

「まぁ待て。大島さん、少し落ち着いて」

　マンションの玄関口でやり合う二人に、多崎が慌てた。まず夕里をなだめてから、浦根にやんわりと、

「彼女を警護していただくとしても、あなたは今、休職中ではないのですか」

「謹慎中に変わりました」

　よけいに悪いではないか、と夕里は思ったが、我慢して黙っていた。

「勝手に個人的な捜査をしたため、でしょうか」

「そうです」

「でしたら、こんな風に出歩いては、まずいでしょう」

「ご心配いりません。彼女の敵さえ討てれば、いかなる処分も私は受ける覚悟です。ただし、そのためには手がかりが必要に――」

「ちょっと」

思わず夕里は口をはさんだ。

「それで私たちを利用して、岩野奈那江さんに会うつもりなんですね」

「利用だなんて――」

「でも、私のあとを尾けていたら、彼女のマンションに向かっていると気づいた。だから声をかけたんでしょ？」

「はい、その通りです」

悪びれずに認めるところが、図々《ずうずう》しいのか純情なのか、よく分からない。

「うーん、実は――」

そこで多崎が、自分が招かれざる客であることを打ち明けた。よって浦根が歓迎されるとは、とても思えないと続ける。

「嘘ではありません」

「いえ、今のお話を疑ってはいません。しかし、ひょっとすると私の場合は、岩野さんの方から会いたい、とおっしゃるかもしれませんよ」

「なぜです？」

多崎が好奇心もあらわに尋ねた。夕里もまじまじと、浦根の顔を眺めてしまった。

「木曜の夜、あの家から逃げて行った人物の住まいを、私が突き止めたからです」

「む、六蠱の家を……ですか」

興奮する多崎とは逆に、冷静な表情で浦根が、

「それについては、岩野さんも交えて、お話しできればと思います」

「確かに彼女も、きっと興味を持つでしょうね」

多崎はうなずくと、夕里に顔を向けながら、

「岩野さんに電話して、事情を説明しよう」

「わ、私が？」

「彼女が安心して話せるのは、君しかいない。単に浦根巡査が加わると言えば、もちろん断わられるだろうけど、その理由を話せば大丈夫じゃないかな」

「まぁ、それは……」

「とにかく一度、訊《き》いてみよう」

すでに多崎は、すっかり浦根を同行する気になっている。岩野を説得するのは自分なのに、と夕里はふくれた。だが、ぜひとも彼の話は聞きたい。それには、三人でいっしょに

岩野を訪問するしかなさそうである。

携帯から電話すると、すぐに奈那江が出た。浦根の件を伝えると、少し沈黙があったあとで、あっさり了解してくれた。六蠱の家を突き止めたという彼の話が、やはり気にかかるのだろう。

マンションの玄関にあるパネルに、岩野家の部屋番号を入力すると、奈那江の声が聞こえた。改めて夕里が名乗り、多崎と浦根が側にいることを伝えてから、ようやく正面の大きなガラス戸が自動で開いた。

「ちゃんと用心してるな。電話のあとにもかかわらず、扉を開ける前に、しっかり君の声を確認しただろ」

「怯《おび》えてますね。やっぱり私ひとりで来るべきだったかも……」

奈那江の対応に多崎は感心したようだが、逆に夕里は気の毒になった。しかし、浦根はあっさりと、

「マスコミ対策でしょう。六蠱の連続殺人が起こってから、なんせ彼女が唯一の生存者なんですから」

三人はエレベーターに乗ると七階まで上がり、岩野の部屋を訪ねた。

挨拶《あいさつ》と自己紹介が終わり、応接セットに腰を落ち着けたところで、いきなり気まずい沈黙が降りた。

「その後は、平穏にお暮らしですか」

すっと多崎が口を開いたのは、場慣れしているからだろう。

「はい……」

奈那江は弱々しく答えたものの、すぐに首を振りながら、

「テレビや週刊誌の人たちが、入れ代わり立ち代わり、何度もインターホンを押したり、電話をかけてきたり……。金曜の午後から昨日の夜まで……、もうひっきりなしに」

「それは大変でしたね。どうされたんです？」

「いっさい無視しました」

「賢明なご判断だと思います。ちなみに今日は？」

「午前中は少しありましたが、午後からは不思議なことに、ピタッと止みました」

「そのうち、きっと別の手段に訴えてくるでしょうから、ご用心なさって下さい」

「やっぱり……」

とたんに奈那江が不安そうな顔をした。

「脅すわけではありませんが、六蟲が次の事件を起こすまでは、あなたが一番のニュース題材だと、マスコミが見なしているのは間違いありません」

「……」

奈那江が黙り込むと、多崎はおもむろに浦根を見つめながら、

「おそらく岩野さんも大島さんも、今、最も関心があるのは、あなたの話でしょう。私もそうです。まず、それをお聞かせ願えませんか」

「いいですよ」

もったいぶるかと思ったが、浦根は素直に話しはじめた。

足音の主を追って聞き込みを続け、奇妙な女の目撃情報に行き当たり、フレンドハウスに辿《たど》り着いたところで、江素地高校の教頭と出会い、そこへ所轄の刑事が現れ、事情を聞かれていると大家が到着し、三〇八号室を合鍵《あいかぎ》で開けると、住人の水上優太の遺体が見つかった……という自身の捜査結果を、かなり詳しく語ってくれた。

「その男性は、六蠱《むこ》ではなかったんですね？」

「水上優太は殺害されてましたから、むしろ六蠱の被害者になります」

夕里は問いつめるように、

「確か浦根さんは、六蠱の家を突き止めたって――」

「いえ、違います。あの家から逃げて行った人物の住まいを、と私は言いました」

「そんな――」

騙《だま》された気分になった夕里は、抗議の声を上げかけた。しかし、すかさず多崎が割って入った。

「その通りだったよ。彼の言葉を聞いて、僕が勝手に六蠱の家だと思い込み、そう口にしたんだ」

「でも、それを浦根さんは否定しませんでした」

「まぁな」

多崎の苦笑している顔は、その程度の駆け引きはいいじゃないか、と言っているように見える。

「すみません」

浦根が頭を下げた。

「お二人を騙そうとは思ってなかったのですが、多崎さんの勘違いを利用したのは事実です。お詫《わ》びします」

「こちらも貴重な話が聞けたので、別に問題ありません。そうだろ？」

多崎に同意を求められ、当の浦根が謝罪している以上、もう夕里も怒れなくなってしまった。

そのとき、奈那江が遠慮がちに質問した。

「あのう……、結局どういうことなんでしょう？　水上さんという方は、何か六蠱と関係があったのでしょうか」

「実は――」

浦根は彼女だけでなく、多崎と夕里にも目をやりながら、

「フレンドハウスの三〇八号室に辿り着き、そこで高校の教頭と出会ったとき、私は水上優太が六蠱だと確信しました。美術教師という職業も、六蠱にふさわしいように思えたわけです」

「分かります」

多崎があいづちを打つ。

「ところが、部屋を開けてみると、その水上が殺されていた。自分が追っていたのは、六蠱ではないのか。いや、そもそも水上優太を、私は捜していたわけではないのか。もう何が何だか、訳が分からなくなりました」

「警察は、どう考えてるんです？」

「それが……」

浦根はうなだれながら、

「三〇八号室の扉を開ける前に、その場に所轄の曲矢という刑事が、なぜか登場したんです。つまり私の個人的な捜査など、とっくにバレていたんですね。ただ、私が何かつかんでいる様子だったので、おそらく泳がせていたのだと思います」

「あなたを尾行していた？」

「まったく気づきませんでした」

そんなものだろう、と夕里は感じた。浦根に尾けられていたと知ったあとでも、今日のような有り様なのだから。

「はなから管轄が違ううえ、私的な捜査もバレております。そこで私が、事件に関われるはずがありません」

「そうですよね……」

多崎の声に失望の色がにじんだ。が、浦根はニヤッと笑うと、

「それでも所轄の捜査陣が到着するまで、玄関の見張り番を命じられました。まだ人手がない中で、適任だと判断されたわけです。もちろん真面目に務めたのですが、扉の前には立ちませんでした。少し開けた状態で、扉の横に立ったのです。すると自然に、室内の会話が聞こえてきました」

「ど、どんな内容でした？」

すかさず多崎が身を乗り出す。

「六蠱と水上は知り合いではないのか、そう考えたようです。木曜の夜、かつらを取られた六蠱は、その姿では帰れずに困っていた。そのうち、誰かが自分を追いかけて来ることに気づく。焦った彼は、仕方なく水上の部屋に逃げ込んだ。しかし、女装をしている言い訳ができない。だから最初から殺すつもりだった。とりあえず現場でまとめたのは、そんなところでした」

「さすがプロだな」

しきりに感心したあと、多崎は少し訊《き》きにくそうに、

「その後の捜査については……？」

「私は吉祥寺の署に呼び出され、厳重注意を受けたうえに謹慎処分ですから、残念ながら分かりません」

「……でしょうね」

「これまで助けてくれた各署の先輩や同期に、もう迷惑はかけられませんから、あとは自分ひとりで――」

「だから、大島さんを尾行したわけですか」

「関係者で動きがあるのは、毎日きちんと出社している彼女だけです。今の私にできることは、それくらいしかありません」

事情は分かるが、どう考えても自分勝手だろう、と夕里は改めて思った。

六蟲が立ち寄った水上優太の部屋を、ひとりで突き止めた手柄は認める。ただ、それも最初から警察に話していれば、もっと早く発見されたかもしれない。警察官として、かなり問題ではないか。

悪い人じゃないけどね。

心の中で彼女は、大きな溜息《ためいき》をついた。

そこへ奥から、ひとりの女性が現れた。ぼさぼさの髪の毛、化粧をしていない顔、よれ

よれの服といった姿だったが、両手には湯気の立つ湯飲みを載せた盆を持っている。

「お母さん、そんなことしなくていいから」

気づいた奈那江が、慌てて立ち上がった。

「でも、お前……」

「こっちは大丈夫よ」

彼女は盆を受け取ってテーブルに置くと、そのまま母親の背を押すようにして、住居の奥へとうながした。

「散歩には出ないの？」

「そうねぇ……。たまには外の空気を吸うのも、いいかもしれないわね」

「出かけるときは、声をかけてちょうだい」

「あっ、お茶菓子を忘れたわ」

「私が出すから――」

そんな二人の会話が、次第に遠離《とおざか》っていく。

「かなりやつれて見えるな」

「でも、とてもお綺麗《きれい》な方ですね。すらっとしてらっしゃるから、お洒落《しゃれ》をなさったら、今より二十くらいは若く見えますよ」

多崎と夕里が小声で喋《しゃべ》っていると、浦根も加わってきた。

「娘は、お父さん似なんでしょうね」

「ちょっと、失礼でしょ」

夕里はむっとした。確かに顔だけでなく身体つきも、奈那江は母親似ではない。だが、その事実を浦根に指摘されたとたん、なぜか怒りに駆られた。

「どうして、あなたが怒るんです？」

「同じ女性としてよ」

「そんなこと言われても――」

「あなたね、六蟲《むこ》の犯行動機が分かってるんですか」

「もちろん」

「だったら奈那江さんの容姿について、そんな発言は軽々しくできないはずです」

「……」

浦根が悪い人物でないのは間違いないが、どこかズレている気がする。もしかすると初対面から察していて、会うごとに少しずつ鬱憤《うっぷん》が溜《た》まっていて、それが今、一気に噴出したのかもしれない。

「どうやら二人は、相性があまり良くないみたいですね」

冗談めかした口調で、多崎がフォローした。

「いえ、私のせいです」

しかし浦根は、すっかりしょげた様子で、

「まったく悪気はないのですが……、女の人の気持ちに鈍感というか、怒らせるようなことを言ってしまうみたいで……」

とたんに夕里は、なんとなく罪悪感を覚えた。むきになり過ぎたかもしれない、と少し反省する。

気まずい沈黙が漂ったところへ、奥から奈那江が戻って来た。

「すみません」

「お母様、大丈夫ですか」

夕里は、母親の体調を心配した。

「ええ、まだ塞《ふさ》ぎ込んではおりますが、以前よりは元気になってます。それに私のことがあってから、自分がしっかりしなければ、と思ったみたいで……。何が幸いするか分かりませんね」

「……あっ、そうなんですか」

どう応《こた》えて良いか戸惑い、夕里はあたふたした。

「私、お客さまにお茶もお出ししないで……」

盆の上の湯飲みを、奈那江が配り終わるのを待って、

「ところで——」

　浦根が控え目な態度ながら、警察で受けた事情聴取の内容を聞かせて欲しい、と彼女に切り出した。それは夕里と多崎も、ぜひ知りたかった。

　三人に見つめられ、奈那江はうつむいた。しばらく口ごもっていたが、やがてとつとつと喋り出した。

　一通り彼女の話が終わってから、自然に質疑応答めいたやり取りが、浦根との間ではじまった。

「実家の物置へ行かれるのは、いつも夜なんですか」

「一度お昼に行ったとき、父の……いたんです」

　よりによって父親の愛人と、はち合わせしたらしい。さすがに浦根も、すぐに察したのか、そこはあっさり流して、

「な、なるほど、それで夜になったと。そのとき、誰かに尾《つ》けられている感じはなかったですか」

「警察でも訊かれましたけど、特に……。住宅街ですから、七時や八時ごろというのは、帰宅される方がいらっしゃいます。仮に尾けられていても、ちょっと分からないかもしれません」

「家の中に入ったのは、木曜の夜がはじめてですか」

　この質問に、奈那江は恥じたような表情で、

「警察は、六蠱に引きずり込まれたと思ったようですけど、私が自分で入りました。それまでは物置に直行して、家には見向きもしませんでした。でも、あそこまで出来上がっているのを目にして、つい……どんな風になってるんだろうって……」

「六蠱にとっては、まさにチャンスと映ったわけだ。しかし、それが良かったんですよ。もし裏の物置で襲われていたら、家の前を通りかかった大島さんに、あなたの悲鳴が聞こえなかった場合もあります」

浦根の指摘に、奈那江は身を強張《こわば》らせた。それから夕里に向かって、深々と頭を下げながら、

「夕里さんに出会えて、本当に助かりました。あなたがいらっしゃらなければ、今ごろ私は、どうしていたか……」

「いえ、そんな……。たまたま通りかかっただけで……」

自分に頭《こうべ》をたれ続ける彼女の姿に、とても夕里は恐縮した。

「亡くなられた当山志津香さんと同じ会社のご友人と知り、何とも言えない運命といいますか、縁《えにし》のようなものを感じました」

「私もです。志津香は助けられませんでしたが、奈那江さんがご無事で、心から良かったと思っています」

「ありがとうございます」

二人の会話の切れ目に、浦根がするっと入ってきた。

「六蠱のかつらを取ったとき、顔は見なかったんですか」

「はい……。ちょうど陰になってましたし、あんまり驚いたもので、手ににぎった髪の毛の方に目をやってしまって……」

「そうですか」

「仕方ないですよね」

浦根だけでなく多崎も相槌《あいづち》を打ったが、そろって溜息をついたのは、もしやという期待があったからだろう。

なおも奈那江への質問は続いたが、先ほどまでの勢いが、もう浦根には見られない。

「そう言えば……」

問いかけが一段落したところで、彼女が首を傾げながら、

「事情聴取が別々に終わったあと、ある部屋で夕里さんと、いっしょに待たされたんです。しばらくして、先ほど名前の出た曲矢という刑事さんが入って来たんですが、横に妙な男性がいて――」

「ああっ！」

夕里が大声を上げたので、横に座った多崎が飛び上がった。

「ど、どうした？　びっくりするじゃないか」

「すみません。思い出したんです」

夕里は、同意を求めるように奈那江を見ると、

「かなり美形の男の子——と言っても二十歳前後くらいで、とてもシャイな感じがするんですけど……、じっと見つめてきたときがあって——」

「そ、そうです」

珍しく奈那江が興奮している。

「鋭い眼差《まなざ》しでも、無遠慮な視線でもないのですが……、何かこう、内面を透視されているような……、そんな瞳《ひとみ》を向けられて……」

「うんうん、分かります」

激しく夕里がうなずくと、やや白けた調子で多崎が、

「美青年に眺められ、お二人ともポッとしたわけですか」

「そうじゃなくて——」

夕里がもどかしそうな声で、

「その男性が、どう見ても警察官とは思えないんですよ」

「おいおい、警官に美形がいないって、そりゃ偏見だろ。現に浦根巡査だって、なかなかのものじゃないか」

「はっ、恐れ入ります」

場違いにも浦根が、真面目に頭を下げた。

「顔じゃなくて、雰囲気なんです」

夕里の言葉に、しきりに奈那江もうなずいている。

「浦根さんも、お巡りさんだと言われなければ分かりません。でも、そう知らされたら、ちゃんとイメージできるでしょ？」

「制服姿が浮かぶな」

「ところが、その人は違いました。書類がはさまれたボードを持って、刑事が私たちに名前や住所の確認をしている間、チェックする振りをしてましたけど、まったく様になっていませんでした」

「あれは……」

奈那江がつぶやくように、

「警察どころか、社会に出てお勤めをしたことが一度もない、そんな感じでした」

「その表現、とても適格だと思います。世間に慣れていない、まるで子供の部分が、ほとんど残ってる感じですよね。かといって学生とも違うし、まったく何者なのか検討もつきません」

ここまで二人の意見が合うと、多崎も気になり出したのか、

「浦根さん、心当りはありますか」

「いえ、さっぱりです」

「これがアメリカだったら、猟奇連続殺人事件を解決するために、特殊な民間人の協力を求めたと考えられないことはないけど……」

「何です、特殊な民間人て？」

「超能力者だよ」

「ええっ⁉」

声を上げたのは夕里だけだったが、奈那江も浦根も目を丸くしている。

「本で読む事例で多いのは、シリアル・キラーが隠した犠牲者の遺体がどこにあるか、それを透視能力を持った人物に突き止めさせる——ってやつだ」

「ああ、テレビで観たことがあります」

「もちろんインチキな人もいるわけだが、成功した事件もあるからな」

「しかし、日本の警察で……」

浦根が腕組をしながら首をひねると、夕里が続けて、

「それに多崎さん、奈那江さんは助かった被害者で、私は目撃者もどきですよ。超能力ボーイの出番があるでしょうか」

「青年が仮に能力者だったとしても、どんな力を持っているのか分からないから、何とも言えない。ただ、犯人や被害者の残留思念を読み取れる人もいる。二人は六蠱《むこ》と接したわ

けだから、あなた方自身が手がかりになるのかもしれない」

「えーっ……」

自分が犯人の手がかりだと言われ、夕里は薄気味悪さを覚えた。奈那江も同じ思いなのか、かなり不安そうな表情をしている。

「見つめていただけ……っていうのが、少し引っかかるけどな」

「どうしてです？」

「残留思念を読み取るためには、その人が使っていたもの、持っていたものが必要になる場合が多い。言わば品物が媒介するわけだ。そうでない事例では、直接その人に能力者が触れている。単に見つめるだけというのは、極めて珍しいと思う」

「すっかり超能力者になってますね」

「あくまでも二人の話から、そう考えたに過ぎないわけだが……」

「ちょっと怖いですね」

見ると、すっかり奈那江が怯《おび》えている。

「多崎さん、彼女を脅してどうするんですか」

「そ、そんなつもりは……」

「霊媒師や霊能力者のような存在なのでしょうか」

奈那江の問いかけを聞いて、少しズレているなと夕里は思った。ただ、彼女にとっては似たような対象なのだろう。

「うーん、かなり違いますが……」

多崎が説明に困っている。

「とはいえ、こういった事件で務める役目は、ほぼ同じかもしれませんね」

「……そうなんですか」

「大丈夫です。あなたに危害がおよぶわけではありませんから」

「でも……そういう方が、六蠱の軀《からだ》のような呪術を使うのでは……」

「あっ、そういう見方ができるか」

しきりに多崎はうなずきながら、

「警察に協力しているのなら、まさか六蠱本人ではないと思いますが……。やっぱり、その人物は気になるな。だけど容姿だけでは、さすがに調べようがないしなぁ」

「ああっ！　名前も分かります！」

夕里の叫び声に、再び彼が飛び上がった。

「な、なんだって？」

「私たちがパトカーで送ってもらうとき、すぐ近くに彼がいたんです」

奈那江は気づいていなかったらしく、とても驚いている。

「そのとき制服のお巡《まわ》りさんが、『ツルヤシュンイチロウさんですか』って、彼に確認してました。きっとツルヤ君も、送ってもらうところだったんですよ」

多崎と浦根、そして奈那江が、ほぼ同時につぶやいた。

「ツルヤシュンイチロウ……」

独白

ツルヤシュンイチロウ……何者なのだろう？
黒衣の女に連絡をする。
気にする必要はない、と言われる。
まるで彼の介入を、最初から予想していたように。
まるで昔から、彼を知っているかのように。
まるで私が、彼を誘き寄せる餌であるかのごとく。
いや、そんなことはどうでも良い。
六蠱の軀を完成させるのだ！

十一　捜査会議

水上優太殺害事件の発生から三日後の火曜の午後、俊一郎は曲矢といっしょに、なんと警視庁の会議室にいた。

六蠱《むこ》の連続殺人事件の捜査会議が行なわれていたからだが、もちろん彼は正式なメンバーではない。いや、実は曲矢でさえも、新恒警部が招いたオブザーバーという微妙な立場にあった。

会議室の前方、中央に置かれた長方形の机には、新恒をはじめ捜査の責任者らしい四人が並んでいる。その斜め左手の部屋の隅、出入口の近くに二人の席は――といっても椅子だけだったが――設けられていた。

俊一郎の目の前には、何十人という捜査員たちが、まるで学校の教室にいる生徒のように、正面を向いて座っている。ある者は机の上の資料に目を落とし、ある者は新恒たちに顔を向け、ある者は熱心にメモをとり、と様々だったが、全員に共通している行為がひとつあった。それは痛いほど無言の視線を、時おりこちらに投げかけてくることである。曲矢は平気な顔をしているが、俊一郎は居心地が悪くて仕方ない。

曲矢から電話があったとき、当然だが断わった。

「どうして俺が、警察の捜査会議に出なきゃならない？」

「そう言うな。俺も呼ばれてる」

「あのなぁ、あんたは警察官だ。それに所轄の刑事だろ」

「捜査員として出席するんじゃない。訳の分からんオブザーバーだとさ」

「だから、それは警察内部の問題であって、俺には関係ない」

「おいおい、お前は俺に……じゃなくて、新恒に雇われた。その依頼人が来てくれと言うんだから、行くのが筋ってもんだろ」

「……」

曲矢に説得されたうえ、迎えのパトカーまで寄越されて、仕方なく俊一郎は警視庁に向かうはめになった。

「わざわざご足労いただき、感謝します」

重厚な応接室に通され、曲矢と二人で待っていると、新恒が現れて挨拶《あいさつ》をした。

「ご活躍にはかねてから、大いに注目していました」

高価そうなスーツを完璧《かんぺき》に着こなし、にこやかな笑みを浮かべた人当たりの良さは、どう見ても警察官とは思えない。若いうちに起業して成功を収め、今はその業界を引っ張る立場にいる、まるで企業家のように映る。

まっ、俺が知ってる警官と言えば、横に座ってる刑事だからなぁ……。

しげしげと曲矢を見つめていると、何だよとばかりに、にらみ返された。

「愛染様には、いつもお世話になっております」

「はぁ」

そっけない俊一郎の反応にも、まったく新恒の笑みは崩れない。

新恒警部の名前など、祖母から聞いた覚えはなかった。もっともお喋《しゃべ》りの割には、けっこう口は堅い。おそらく新恒の依頼の多くは、秘密を要する案件と思われる。それで祖母も、何も言わなかったのかもしれない。

「ところで――」

しばらく祖母の話が続いてから、改めて大島夕里と岩野奈那江の死相について、具体的な描写と俊一郎の考えを尋ねられた。できるだけ視えたままを説明し、自分の解釈を述べている間、耳を傾ける新恒の様子は非常に熱心だった。

やがて時間となり、三人は会議室へ移動した。

新恒は最初に、全員の労をねぎらった。木曜日の夜の事件以降、すべての捜査員が休日も返上で、どうやら活動していたらしい。マスコミは連日、六蠱の事件を大きく取り上げている。たまたま第四の殺人は未遂に終わったが、もし新たな被害者が出ていれば、警察への風当たりが強くなるのは必至だ。第二の殺人が起こった段階で、連続殺人と認めるのが遅れたため、初動捜査が迅速に行なわれず、いたずらに犠牲者を増やしたのだと非難されるに違いない。

岩野奈那江への襲撃と水上優太の殺害により、六蠱を追いつめる輪は、幸い一気に縮み出した感がある。新恒は、このまま勢いに乗って、犯人逮捕にまでこぎ着けるつもりなのだろう。

熱気に満ちながらも、とても緊張感の漂った会議室に身を置いた俊一郎は、そう考えながら様々な報告に耳を傾けた。自分には関係ないと曲矢には言ったが、六蠱の犯行を阻止して捕まえるためには、捜査状況を知っておいて損になることはない。

今は、岩野奈那江の周辺調査の結果が発表されていた。

「勤務先は、〈自休空間〉というリラクゼーションの会社です。業務内容は、男女の美容エステ、疲労回復マッサージ、アロマテラピー、睡眠カプセル、イヤークリーンと分かれております。睡眠カプセルとは、外回りの営業マンなどに昼寝のスペースを提供するもので、イヤークリーンは早い話が耳そうじです」

所轄の刑事の説明に、軽い失笑が漏れる。

「彼女は新宿にある本社の社員で、美容エステの担当をしております。四月から休職中ですが、仕事の腕は良く顧客にも人気があるため、会社としては一日も早い復帰を望んでいるようです。休職の理由は、表向きは体調不良ですが、本人の話によると父親の愛人騒動ですね。母親が、かなり精神的にまいってしまったため、その面倒を見る必要があったとのことです」

「美容エステの担当は、男女どちらです？」

すぐに新恒が、核心をつく質問をした。

「それが、女の方で……。顧客の中に六蠱がいるのではないか、と我々も思いまして、そこは慎重に調べたのですが、彼女は男性客と接していないことが判明しました」

「会社のスタッフは？」

「もちろん男もおりますが、彼女が所属する美容エステの女性部門は、事務員なども全員が女です。二人いる男性社員は管理職で、彼女については勤務評定を把握しているだけに過ぎません」

「六蠱の影がない……」

「どこにも見当たりません。ところが——」

刑事は意味ありげに、いったん言葉を切ると、

「美容エステの男性部門の顧客リストに、水上優太の名前と写真がありました」

ざわざわっと会議室が騒いだ。

「しかし、彼女が水上を担当した事実はありません。そもそも男女では、エステのある階

が違います」

「二人が自休空間で、出会っている可能性は？」

「岩野に尋ねたところ、何度か目にした気はすると答えました。男性のエステに通う者の中には、とても美形な男もいるため、どうやら印象に残っていたようです。ただし、二人の関係はそれだけです。話したことはなく、きっと向こうは自分を知らなかったと思うと、彼女は言っています」

「六蠱→水上優太→岩野奈那江の線は、望み薄ですか」

新恒が、曲矢の考えを口にした。

「岩野が気づいていないだけで、水上は彼女のことを知っていて、六蠱に教えたという可能性はあります。ただ……」

刑事が言いよどんだ。

「何でしょう？　この場では遠慮なく、どんな意見でもおっしゃって下さい」

「新恒警部の言われる六つ目の身体が、岩野だったとして。また、その身体の意味も、警部のご説明の通りだったとします」

どうやら刑事は、六蠱の躯《からだ》という呪術《じゅじゅつ》そのものに、かなりの抵抗があるらしい。そう言いながら、ちらちらと俊一郎の方に目をやっている。まるで、そんな世迷い言を警部に信じ込ませた似非《えせ》霊媒詐欺師は、お前だろう――と言っている眼差《まなざ》しである。

無理もないな、と俊一郎は思った。だが、それでは六蠱の事件の捜査に、きっと支障をきたすだろうと心配した。

刑事は射るような鋭い視線を、俊一郎から新恒へ戻すと、

「その場合、いかに水上を通じてとはいえ、いったい六蠱はどのようにして、岩野が六つ目の身体にふさわしいと判断したのでしょう?」

「確かに、そこがネックです。岩野の周辺に男の影は?」

「ありません。男性とつき合った経験が、ほとんどないように見受けられました。ひょっとすると父親の影響が……いえ、ただの憶測ですが」

「充分にあり得ますし、そんな女性だからこそ、六蠱が六つ目の身体に選んだとも考えられます」

「なるほど、そうですね。しかし、いくら探っても、岩野に近しい男が見つかりません。六蠱が彼女の周囲にいるとは、ちょっと思えないのですが」

「会社以外はどうです?」

さらに岩野奈那江の交友から近所の人間関係まで、刑事は報告を続けた。だが、まったく得るものはなかったという。

だとすると、奈那江は大島夕里と間違われて襲撃を受けた、と考えるべきなのか。それにしては彼女が勤めるエステの顧客に、水上優太がいたという事実が何とも暗合めいてい

る。ただの偶然か。そこに別の意味があるのか。

ついで、水上優太に関する報告がはじまった。曲矢から耳打ちで教えられた、彼と同じ署の南場という刑事が立ち上がっている。あえて曲矢を見ないのは、上司の奇妙な立場に戸惑っているからかもしれない。

「水上の死因は、絞殺による窒息死でした。凶器は、古本や古新聞を縛るのに使われる紙《かみ》紐《ひも》です。死後約三十時間から四十時間が経過しており、死亡推定時刻は木曜の午後十一時から金曜の午前九時ごろと思われます」

「被害者の部屋に逃げ込んだ六蠱が、いきなり殺害したわけではなさそうですね」

「最低でも二、三時間、水上は彼と対面していたことになります」

「女装の言い訳をしていたのか」

「二人が知り合いであれば、実は……と自分の性癖のように打ち明けたとか、そのへんは何とでもなりそうです」

「仮に六蠱の挙動に不審な点があっても、まさか目の前にいる人物が猟奇連続殺人犯だとは、水上に分かるはずもない」

「はい。とはいえ、そのまま水上を生かしておくつもりは、六蠱にはなかった。被害者の鼻孔から、萩原朝美のときと同じ成分の麻酔薬が検出されました」

これで六蠱の第四の犠牲者が出たことになる、と俊一郎は思った。もっとも六蠱の軀とは関係のない死者である。言わば水上優太は、まったく殺され損なのだ。

水上の身辺情報を一通り説明してから、南場は彼の交友関係について話しはじめた。

「男友だちは、学生時代の三人くらいしか浮かびません。しかも三人とも、木曜日の夜のアリバイがあります。他の教師とのつき合いは、ほとんどなかったようです。学校の関係者は徹底的に調べましたが、六蠱に通じるような人物は皆無でした」

「美術の分野ではどうです？」

「先生としては優秀でしたが、実技よりも評論家タイプで、関連の雑誌に原稿を書いたりしております。ただし、完全にインドア派の生活だったらしく、業界方面の知り合いも浮かびませんでした」

フレンドハウスの部屋の中にも、描きかけの絵画や作りかけの彫像などは、いっさい見当たらなかった。画集をはじめ美術関係の本だけが、室内では目立っていた。そう曲矢から、俊一郎は聞いている。

「自休空間に関する方面は？」

「男性用のエステに通っていたことは、どうやら周囲に隠していたようです。会員証も見つかっておりませんため、もし顧客リストを調べていなければ、まだ分かっていなかったと思われます」

「家捜しは、会員証のためだと？」

「はい。ただ、それだけではないような……」

「他にも目的があったのですか」

南場は、長野から出て来た水上の兄に、室内を確認させた話をしたあと、

「弟の部屋は、一年ほど前に一度しか訪れていないので、なくなっているものがあるかどうか、それは分からないそうです。ただ、あくまでも印象としてですが、もっと圧迫感を覚えた。あちこちに色々なものがあふれていた。そんな気がすると言うのです」

「室内は荒らされていた、と聞いていますが？」

「クローゼットの戸や、タンスの引き出しは開けられ、内部がかき回されたうえ、一部は床に散らばっていました。衣類だけではスペースがあまるのか、日用品からスケッチブックなどの文房具まで、けっこう雑多なものも入っており、それが外に投げ捨てられていたわけです。しかし、そういったものをきちんと収納すると、どうも記憶にある部屋より広く感じて仕方がない、と兄が首を傾げるのです」

「まさか、消えている家具があるとか」

「私も同じ質問をしたところ、いくらなんでも気づくと言います。しばらく兄は悩んでおりましたが、自分の違和感の説明に、とても奇妙な言い方をしました」

「何です？」

新恒だけでなく、出席者のほぼ全員が好奇心をあらわにした。

「それまでいた同居人が、まるで出て行ったあとのようだ……と」

「……水上優太は、ひとり暮らしですよね？」

「間違いありません。そもそも兄が訪ねたとき、そんな気配は少しもなかったと、本人も認めております」

「一年前ですから、その後のことは分からないでしょうが、水上の女性関係は？」

「まったく浮かびません。あれほどの容姿ですから、もてていたのは事実らしいです。兄も友だちも学校関係者も、そう証言しています」

「しかし、同棲《どうせい》していたわけではない」

「はい。実は同じ階の住人が、見知らぬ女性が出入りするのを、一度だけ見ております。ただ、もし同棲していれば、もっと頻繁に目撃されていたはずです。つまり兄の表現は、彼の印象に過ぎないわけです。とはいえ、いずれにしろ六蟲《むこ》は、水上の部屋から何か持ち出したものがある。そう考えるべきかもしれません」

「とても興味深い……」

新恒はつぶやきながら、じっと考える様子を見せた。南場の報告は続いたので、耳は傾けているようだったが、同時に深い思考にも入っている。斜め後ろからうかがった警部の表情は、そんな風に俊一郎には映った。

南場が終わると、次は大島夕里と岩野奈那江についている護衛の刑事たちが、それぞれ報告した。

大島は、金曜と月曜は、普通に会社へ通勤している。金曜の夜、新宿で同じ会社の出版部に勤務する多崎大介と食事をした。土曜は地元のスーパーで買物をしただけで、あとは外出していない。問題は日曜で、多崎と二人で岩野のマンションを訪問したのだが、そこに浦根保が加わったというのだ。

「謹慎処分中の者が……」

非難する声が、正面の机に座っている本部長から聞こえた。

「浦根巡査については、引き続き様子を見たいと思います」

だが、意外にも新恒の一言で、本部長は黙ってしまった。

「彼の行動は大いに問題ですが、なかなか探偵の才があります。このまま見守ることで、思いもよらぬ収穫が期待できるかもしれません」

どうやら警部は、まだ浦根を泳がせるつもりらしい。

「その四人で、どんな話をしたのですか」

「月曜に、我々は岩野を訪ねました。ちょうど美容エステの顧客リストから、水上優太の名前が見つかったところでしたので。彼女はすでに、浦根から水上殺しの件は聞いておりました。大島、多崎、岩野の三人は、浦根が追っていた六蠱の足取りについて、とても関心を持っていたため、彼に話すよう頼んだわけです」

「浦根巡査は逆に、二人の女性から情報を引き出そうとした」

「その通りです」

「なかなか抜け目がないですね」

新恒の評価にどう反応すべきか、刑事は戸惑ったらしい。少しためらったあと、そのまま報告を続けた。

「……岩野ですが、顧客リストの水上の写真を見せるまでは、まさか面識のある人物とは思ってもいなかったようです」

「四人の会話で、目新しい事実は出ていない？」

「はじめて知る情報が、それぞれにはあったようですが、どれも我々がつかんでいるものばかりでした。ただ……」

「何でしょう？」

言いよどむ刑事を、新恒がうながす。

「事件とは関係ないかもしれませんが……」

「けっこうです」

「岩野と大島が事情聴取を受けた所轄で、気になる人物がいた……そう言うのです」

「……」

「その男の名前は――」

「いえ、よく分かりました。その方は、事件とは何の関係もありません」

新恒が即座に反応した。

「しかし二人は、かなり気にしているようでした。どう見ても警察官ではなく、なのに刑事の横に座って、じっと自分たちを見つめていたと」

「……」

黙り込む新恒に、好奇心に満ちた全員の視線が集中した。そのうちの八割くらいが、うさん臭そうな眼差しを俊一郎にも向けてくる。

やっぱり警官には見えなかったか。

自分のことを言われていると、もちろん俊一郎は察していた。思わず新恒が口を閉ざしたのは、「死相を視る探偵」など説明のしようがないからだろう。いかに祖母の実力が警察の上層部に浸透しているとはいえ、こういった規模の会議でそういう世界観を指揮官が認めてしまえば、おそらく収拾がつかなくなる。

今回の事件で、六蟲の軀《からだ》という呪術《じゅじゅつ》が捜査陣に受け入れられたのは、ネット上に犯行声明文が流れたからである。つまり犯人は、現実にはあり得ないオカルトじみた妄想を抱いており、その狂気にのっとって犯行を重ねている、と理解されたわけだ。

ところが、岩野奈那江が六つ目の身体だという意見を、新恒が述べた。俊一郎の死視《しし》の結果と解釈を曲矢から聞き、そうに違いないと彼も判断したからだろう。とはいえ、弦矢俊一郎の存在までは説明しなかった。いや、できなかった。

やっかいな立場に置かれたな。

俊一郎は心の中でぼやいた。

先ほどの岩野奈那江の周辺調査をした刑事は、六蠱の軀の実現性を新恒が信じており、それを警部に吹き込んだ張本人が、会議室の前の隅に座っている青二才だと、どうやらにらんでいるらしい。そこまで確信はなくても、他の者も似たような感じは抱いているように見える。だから今、報告をしている刑事も、こんなにこだわるのだろう。

どうするんだよ？

自分を巻き込んだ曲矢に、視線だけで悪態をつく。しかし本人は、むしろ楽しそうに新恒を眺めている。

面白がってる場合か。

さすがの俊一郎も、エリート警部に少し同情しかけたときだった。

「今回の連続殺人は、かなり特異な事件と言えます」

極めて平静な口調で、新恒が喋《しゃべ》り出した。

「六蠱の軀という呪術的な儀式を行なうために、六蠱と名乗る犯人が取る行動は、なかなか従来の我々の捜査方法では、太刀打ちできない部分があります。そのため要所では斯界《しかい》の実力者に協力を求め、それらの意見を吟味し、この希《まれ》に見る異様な犯罪に対処し得る捜査方針を、捜査本部としては迅速かつ的確に立てなければなりません。その内容が、みなさんのご理解を得られにくく、こちらも十全な説明が困難な場合があるかもしれませんが、どうぞ自信を持って捜査に邁進《まいしん》されますよう、改めてお願いします」

そう言うと新恒は、軽く一礼をした。

警部の言葉には、ほとんど意味がなかった。そもそも斯界とは、どんな分野なのか。実力者とは、いったい何の実力を持つ者なのか。いい加減なこと、このうえない台詞《せりふ》ばかりである。にもかかわらず妙な説得力が感じられたのは、ひとえに新恒警部のキャラクターのせいとしか言いようがない。

まったく大したものだ。

俊一郎は呆《あき》れると同時に、素直に感心もした。こんな風に捜査本部の責任者に言われて、なおも突っ込む者などいないだろう。実際、誰もがうなずいている。仕方なくかもしれないが、首を縦に振らせる力が、新恒の言葉にはあるわけだ。

横を見ると、曲矢が仏頂面をしていた。するっと警部が難局を切り抜けたのが、きっと面白くないのだ。

新恒にうながされ、刑事が残りの報告をすませた。

岩野奈那江は木曜の夜から、ずっとマンションに閉じこもったままである。たまに母親が出歩く以外は、まったく何の変化もない。

「六蟲《むこ》が近づいた気配も、今のところは感じられません」

大島夕里を警護していた刑事と、最後には同じ台詞を述べて締めくくった。夕里は会社の行き帰りを、奈那江はマンションを見張っていれば良いのだから、まず六蟲が二人に接近するのは無理である。

新恒は全員の労をねぎらってから、

「水上優太の部屋の問題ですが、ひとつの仮説が立てられるのではないか、と私は考えています」

そんな意見を口にした。

「お聞かせ願えますか」

南場が応じたのは、自分が捜査の当事者だったからだろう。

「六蟲と水上の関係は分かりませんが、何らかのつながりがあった。だから木曜の夜、追いつめられた六蟲は、とっさに水上の部屋へ逃げ込んだ。この解釈は、今のところ妥当だと思われます」

南場がうなずく。

「一方、水上には女性の影が、まったく見られない。ただし一度だけとはいえ、出入りする姿は目撃されている」

「あっ……、それが女装した六蟲だったと、そう警部は考えられたのですか」

南場の指摘に、会議室がざわついた。

「女っ気のない水上の部屋に、出入りしたひとりの女性がいた。つじつまは合います。以前から六蟲が、水上を訪ねていたのであれば、木曜の夜の行動も自然に見える」

「確かにおっしゃる通りです。ただ、なぜ六蟲は女装した姿で、水上の部屋に行く必要があったのか、という疑問が出てきます」

「逆だったとしたら……」

「はっ？」

「六蟲は女装した姿で訪ねたのではなく、フレンドハウスの三〇八号室から女装して出て行き、また戻って来たのだとしたら……。つまり水上の部屋は、六蟲の着替え部屋だった」

会議室のざわめきが大きくなる。

「いっしょに暮らしていたわけではなく、六蟲の女性用の衣服や化粧品などを、水上が預かっていたと考えればどうでしょう？」

「うーむ」

南場がうなっている。

「水上は、それほど衣装持ちではなかった。にもかかわらず部屋には、なぜか立派な姿見があった。変ですよね」

「六蟲のものだった……」

「そう解釈すれば、彼の兄の不可思議な印象にも説明がつきます」

「木曜の夜、六轟は水上を殺害したあとで、すべての女装用具を運び出したのですか」

「ところが、そのままの状態では、何かを持ち出したことに気づかれてしまう。そこで床の上にあった日用品などを、クローゼットやタンスに入れ、わざと室内を荒らして痕跡《こんせき》を消そうとした」

「筋は通ります。水上殺しは、もちろん口封じですね」

「ただし、なぜ水上が六轟の女装の手伝いをしたのか、その謎は残ります。何か理由があり喜んで協力したのか、その逆に脅されて仕方なく場所を提供したのか、まだ分かりません。しかし、仮に弱味をにぎられていたとしても、六轟の本当の目的を、水上が知ればどうなるでしょう？」

「殺人が性急だった理由は、そこですか。岩野奈那江の事件が報道されれば、きっと水上に疑いの目を向けられる。それを六轟は恐れた」

「この仮説が正しいとすれば、二人には必ず接点があるはずです。六轟の女装を好んで受け入れている場合は、水上の美術関係か、もしくは自休空間のエステ関係か、どちらかに手がかりがある」

「脅されていた場合は、その二つの方面に加え、やはり再び学校関係者を調べるべきでしょうか」

「そうですね。いずれにしろ水上優太の周囲に、必ず六蠱は潜んでいる。そう私は考えています」

新恒警部の提案により、水上優太についての捜査は、さらに徹底して行なわれることになった。

しかし、その結果から導き出された新たな仮説が、この事件に大いなる謎をもたらすのである。

十二　両　足

あと一日で、ようやく週末だぁ……。

丸尾麗加《まるおれいか》は武蔵名護池《むさしなごいけ》の南を流れる、酒川《のがわ》沿いの淋《さび》しい遊歩道を歩きつつ、そう心の中でつぶやいた。

毎日まじめに働いていれば、土日の休みを心待ちにするのは普通だろう。ただ彼女の場合、今の業務から解放された気分を味わえるのと、会社には内緒で進めている翻訳の仕事ができるため、という理由が実はあった。

今年の春に大学を卒業した麗加は、とある商事会社に就職した。勤務地は新宿支店である。希望の業界は出版で、職種は編集だったのだが、就職活動をしたすべての版元に落ちてしまった。ただでさえ競争率の高い業界なのに、そこに長引く出版不況が加わり、想像以上の激戦を強いられた結果、あえなく全敗した。

某大手出版社で海外文芸を担当するOBを訪問したとき、

「版元に就職できたからって、必ず編集の仕事がやれるわけじゃないのよ。入社して最初の人事が発表されたとき、総務や経理になる可能性も普通にあるってこと。それに、もし編集部に入れたとしても、あなたが希望する児童書を担当できるとは限らない。女性雑誌の編集を命じられたら、どうする？」

それでも出版業界で働いていれば、まだチャンスはある。たとえ編集とは関係のない職種に就いたとしても、色々と学べる道を捜せるのではないか。そう麗加は考えたのだが、そもそも出版社に入ることができなかった。

世間は不景気で、新卒の就職率も低下していた。希望の業界や職種を云々《うんぬん》する前に、就職そのものが危ぶまれる状況だった。

「ちょっと麗加さ、選《よ》り好みしてる場合じゃないよ」

友だちには何度も、そう言われた。

「やりたい仕事があるのは、とっても良いことだし、正直うらやましいけど、まず自分が生活できるようにしなくちゃ、どうしようもないよ」

　正論だと思ったうえ、すべての版元に落ちてしまったため、内定をもらっていた今の会社に就職を決めた。

　研修のあと配属されたのは、総務部だった。社会人一年生として覚えることは多く、思っていたよりも仕事に打ち込めた。ただし、予想もしていなかった問題が、その会社にはあった。男尊女卑である。

　給与などの待遇面で、あからさまに存在するわけではない。しかし、社内に漂う精神的な風土として、それは確かに根を下ろしていた。特に若い女性の新入社員は、その被害を多大に受けていると感じる。もっとも新人の女性でも営業職で、自らの成績を上げている者のあつかいは少し違う。

　まるで私たち事務系は、まったく会社に貢献していない人間みたいじゃない。

　そう感じたとたん、仕事に対する意欲がたちまちしぼんだ。上司や先輩は五月病と判断したらしいが、そんな一過性のものではなかった。

　OB訪問をした編集者の先輩に相談すると、

「その業界特有の悪癖なのか、私には分からない。けど、会社に問題があるのは間違いないみたいね」

　麗加の入社以来の愚痴に、先輩は一通りつき合ったあと、

「で、児童書をやりたいって夢は、まだ持ってるの？」

うなずく彼女に、

「だったら働きながらでも、やれることはあるんじゃない？」

その日から、先輩の多忙な仕事の合間をぬって、麗加は様々なアドバイスを受けるようになる。

そして彼女なりに試行錯誤をした結果、イギリスの『UNCLE STRAUB'S TALES OF TERROR』というヤングアダルト本を、自分で翻訳しようと決めた。著者は本国でもあまり有名ではないが、お話の面白さは素晴らしく、日本の若い世代にも受け入れられると感じたからだ。

内容は、ストラウブおじさんが読者に向かって、いわゆる怪談を語って聞かせる構成になっている。オーソドックスな因果応報物の幽霊話もあれば、意外にも血みどろのスプラッターなホラー話もある。雰囲気だけで怖がらせるばかりでなく、時には生理的な嫌悪感にも訴えてくる。一話ずつ恐怖の質が違うのだ。それでいてイギリスの作家らしく、最低限の上品さは保っている。なかなか希有《けう》な作品集だった。

当初の児童書よりは、対象年齢が上がってしまった。とはいえ、別に子供だけの本にこだわるつもりはない。そういう意味では、大手出版社に対するあこがれも消えていた。中堅でも小さくても、自分が読者に届けたいと思う本を出している、そんな版元こそを捜すべきだと気づいた。

わざわざ苦労して翻訳するのは、まず版元に企画として持ち込むためである。大手の編集者の中でも、ここ数年で契約社員が増えているという。やり方によっては、自分が夢見る道へと進んでいけるかもしれない。

当たり前のことなのに、なんだか妙な回り道をして、ようやく分かったみたい。

いったい自分は学生時代に何をやっていたのか、就職活動を通じて何を学んでいたのだろうか、と麗加は反省した。

先輩に打ち明けると、苦笑されながら言われた。

「社会人一年生で、そこまで分かれば充分じゃない。世の中に出て働かないと、実感できないことって多いのよ。仮に気づいても、ほとんど人はそのままで行動に移さない。あなたはやるって決断したんだから、大したものよ」

それから平日は毎夜、週末は一日半ほど、麗加は『ストラウブおじさんの怖い話』と仮題をつけた本の翻訳に取り組んだ。原書がヤングアダルト物のため、大して難しい構文が出てくるわけではない。なのに彼女の作業は、なかなか進まなかった。

「翻訳って、単に英語を日本語にするだけじゃないの。元の本があって、そこにお話が書かれているわけだけど、訳す人にも少なからぬ創作力は求められるわよ」

先輩に忠告されたときは、そうだろうなぁ……くらいだったが、実際に取りかかってみると、骨身にしみて理解できた。

そうやって毎夜と毎週末、コツコツと地道に続けてきた翻訳が、この土日でようやく仕上がりそうだった。プロの編集者に見せても良いと思える出来まで、もう少しで到達できる。そんなところまできていた。

完成すれば、来週のどこかで先輩に会ってもらおう。

先の予定を麗加が考えていたときだった。ぞくっとする気配を急に背後から感じ、とっさに振り返った。

時刻は、まだ七時を過ぎたところだ。しかし、すでに遊歩道は薄暗く、家路を急ぐ人がちらほらと見える。なのに、いくら目を凝らしても、怪しい人物は見当たらない。

道の左側には住宅が並び、右手の柵《さく》の向こうは酒川の土手である。隠れられる場所などないように思える。

気のせい……？

六蟲《むこ》と名乗る猟奇連続殺人犯が、ネット上に犯行声明文を流して以来、会社のバカな男どもは、何度も同じ言葉を投げつけてくる。

「丸尾さんが狙われるとしたら、その綺麗《きれい》な両足だよなぁ」

もちろん一部のセクハラ野郎だけだったが、そう言いながら、じろじろと足をなめるように見るため、ほとほと嫌気がさしていた。

麗加は事件について、会社の同僚から詳しく聞かされている。だから犯人に襲われやすいのが、新宿近辺の会社に勤務して、退社時間がはっきりしており、あまり寄り道せずに帰宅し、その途中に人気のない場所を通る、若いＯＬだと知っていた。それに自分の両足がタイトな、あるいは短いスカートをはいたとき、かなり見栄えがすることも。

ただし、その同僚が言うには、事件の起きている地域が問題らしい。吉祥寺を例外として、他はすべて二十三区内で発生しているという。

「ということは、麗加が住む武蔵名護池まで、わざわざ六蟲が足を延ばす心配は、まずないってことね」

そう言って彼女は、バカな男たちの言葉など気にする必要はないと、麗加をなぐさめてくれた。

武蔵名護池でも以前に比べると、制服警官の姿が目立つようになっている。特に勤め人が帰宅する時間帯には、巡回する姿をよく見かけた。しかし、確かに新宿駅や、この前の休日に出かけた吉祥寺ほど、ものものしい雰囲気は感じられない。

だから安心してるのかも……。

実際、六蟲に戦々恐々としている多くの女性たちと違い、麗加はほとんど不安を覚えなかった。

両足の綺麗な女性なんて、都内だけでも何百人いることか。

また例の同僚は、こんな事実も教えてくれた。

「狙われた女性は、襲われる何週間も前から、気味の悪い視線を感じていたって。それがさ、なんと犯人は女装してたらしいの。被害者の女性たちが、誰も気づけなかったのも無理ないでしょ」

六蠱は女装をして、犠牲者の女に近づいている。

この情報が広まるにつれ、ニューハーフやオカマたちに対する嫌がらせや暴力行為が、一気に増えた。あまりにも短絡的な反応だったが、それほど六蠱が社会に与えた影響は大きかったわけだ。

でも、そんな視線なんて、少しも覚えがないし……。

たった今、感じたのがはじめてではないか。もっとも駅から歩いている間、麗加の頭には翻訳本のことしかない。会社を出た瞬間からそうだが、その熱中振りがピークに達するのは、やはり武蔵名護池駅からの道程が一番だろう。

まさか、気づいてなかっただけ……？

何とも言えぬ厭《いや》な不安が、ふっと脳裏を過《よぎ》った。今度はゆっくりと、恐る恐る後ろを振り返る。

誰もいない……。

すっかり日の暮れた遊歩道に、ぽつりぽつりと街灯の明かりが点《とも》っている。左手の家々の窓からも、温かい家庭の光が漏れていた。にもかかわらず彼女の背後に延びる道は、まるで異界に続いているような、そんな気配が感じられる。

ここまで普通に歩いて来たのに……。

神経質になり過ぎている、と麗加は考えた。それでも自分の周囲だけ、やけに暗いなと気づいたところで、すぐ側の大きな家が廃屋だったことを思い出した。

確か幽霊屋敷だと……。

近所の子供たちが話していたのを、耳にした覚えがある。

昔、この家で殺人事件が起こった。小学生の女の子が殺された。雨の日の夕方、家の中から童謡が聴こえる。

そんな怪談じみた内容だった。いかにも子供の噂らしいと、まったく気にも留めなかった。が、こんな状況では、さすがに気味が悪い。

早く帰ろう。

ぶるっと身震いした麗加が歩き出しかけたとき、家の塀の陰に佇《たたず》むその人物の姿が視界に入った。

何をしてるの……？

と思った瞬間、タオルをにぎった相手の右手が伸びてきて、彼女は自由を奪われた。

それから数十分後、地域の子供たちから幽霊屋敷と恐れられる廃屋の一室で、六蟲の軀《からだ》の部位の蒐集《しゅうしゅう》がはじまった。

　自分が翻訳している怪奇小説に描かれた、血まみれの凄惨《せいさん》なシーンなど問題にならない阿鼻叫喚《あびきょうかん》の地獄を、不幸にも丸尾麗加は体験することになる。

独白

新しい部位を手に入れた。
私を目にしたときの、あの女の顔といったら……。
役立たずの警察など怖くない。
蒐集は半分を過ぎた。
次の下腹部も候補がある。
それから、あの素晴らしい頭部だ。
そして六つ目の身体に……。
必ず六蠱の軀を創り出す。

十三　第四の犠牲者

「やられたよ」

探偵事務所に入って来るなり、曲矢は来客用のソファに座ると、仏頂面のまま煙草を吸いはじめた。

「禁煙だ」

「堅いこと言うんじゃねぇ」

「僕に嫌われるぞ」

「……」

スパスパと立て続けに吸うと、彼は携帯用の灰皿に吸殻を入れ、

「コーヒー、ホットで」

「ここは喫茶店じゃない」

「出前を取れ。料金は払ってやる」

普通なら無視するところだが、ちょうど俊一郎も飲みたいと思っていた。神保町でたま

に行く喫茶店〈エリカ〉に電話をして、コーヒーを注文する。

「僕ならいないぞ」

「誰が猫に会いに来たんだ？」

「夕方まで戻って来ないと思う」

「だから、どうして猫に会いに来るんだよ」

「違うのか」

「……お前の怖いところは、死視《しし》の力を持つとかじゃねぇ。そういう返しを普通に、本気でするとこだ」

コーヒーが届くまでの間、あえて二人は内容のない話をした。

火曜日の捜査会議の二日後、武蔵名護池の酒川沿いの廃屋で、六蠱《むこ》の第四の犠牲者が発見された。全裸の遺体は、両足の付け根から指先までを綺麗《きれい》に残し、他は強力な酸で焼かれていた。萩原朝美、石河希美子、当山志津香と同じ手口である。ここに水上優太を加えると、第五の殺人ということになる。

今は、その二日後の土曜の二時過ぎだが、警察の捜査が進展した様子は少しも感じられない。そもそも何らかの展開があれば、曲矢がここに顔を出す時間などないはずである。

やがて、コーヒーが来た。

「おっ、うまいじゃないか」

「当たり前だ」

「いばるな、お前が淹《い》れたのか」

「いいや、違う。店の主人だ。歳のころは——」

「分かった、分かった」

　うるさそうに片手を振ると、曲矢はおいしそうにコーヒーを味わってから、ようやく本題に入った。

「丸尾麗加の事件は、もう知ってるだろ」

「新聞とテレビとネットで見たくらいなら」

「充分だよ。警察が特に秘してる手がかりは、残念ながら何もない」

「武蔵名護池とは、ちょっと意表をつかれた」

「ああ、まったくだ。岩野と水上の事件が、世田谷で立て続けに起こったからな。第一の被害者である萩原朝美をのぞけば、あとは二十三区内ばかりだ。ここで一気に武蔵名護池まで飛ぶとは……。いや、もちろん各署で、ちゃんと警戒はしていた。だが正直、あっと誰もが思ったはずだ」

「人通りが少なかったとはいえ、現場は住宅地なんだろ?」

「けっこう大きな家が建ってる地域だな」

「誰も悲鳴は聞いてないのか」

「付近の家を聞き込んだが、まったく収穫はなかった」

「被害者が連れ込まれたのは、またしても廃屋か」

「当山志津香の場合は、正確には無人の家だ。事情があって他県に住んでるらしく、数ヵ月に一度は掃除をしに来るらしい。だが、丸尾麗加の現場は、あのあたりじゃ〈川沿いの幽霊屋敷〉と呼ばれてる、とても因縁のある廃屋になる」

「過去に忌まわしい事件があったとか」

「かぼちゃ男……って知ってるか」

「あの少女連続殺人の？」

「そうだ。ヤツがらみの現場のひとつを、六蠱は利用したわけだ。同じ変態殺人鬼として、共感でもしたんじゃないか」

「水上優太や岩野奈那江、それに他の被害者との間に、丸尾麗加との関連性を認めることは？」

「できなかった。六蠱↓水上↓岩野というつながりだけが、どうやら特別らしい」

「六つ目の身体だからな」

「その三人のつながりも、依然として不明のままだ」

　ふてた態度を見せる曲矢に対して、俊一郎は話を続けた。

「両腕、胸部、両足とそろい、頭部と六つ目の身体の候補はいるわけだから、残るのは下腹部だけか」

「とはいえ下腹部の候補が誰か、警察にも捜しようがない」

「新恒警部も苦しいな」

「捜査本部のトップから、早く六蠱を逮捕しろと、責められてるだろうよ」

「彼が責任者じゃないのか」

「現場ではそうだ。しかし世間的には、お飾りの本部長が指揮官になってる。捜査会議のとき、偉そうにしてただろ。もちろん捜査には、何の役にも立たない人物だ。警察官としては新恒の方が、はるかに頭が切れる。ただし本部長は、政治的な手腕が突出してるってわけだ」

「うっとうしそうな世界だな」

「たとえ数人でも、ひとつに集まって仕事をはじめれば、そこに組織ができ上がる。そうなると自然に人間関係が生まれ、様々な思惑が飛び交うことになる。それが社会ってもんだ。勉強になったか、引きこもり少年」

「なるほど。そういう環境で学ぶと、刑事さんのような、とてもゆがんだ性格になるわけですね」

「てめぇ……」

曲矢は身を乗り出しかけたが、その手には乗るかという表情になると、

「新恒は、どうやらお前が気に入ったようだぞ」

「それはどうも」

「で、今とても苦しい立場にいるお方から、実はお前に頼みごとがある」

「断わる」

即答した俊一郎に、あんぐりと口を開けた曲矢は、

「まだ何も言ってねぇだろ」

「聞かなくても分かる」

「ほうっ、こりゃ面白い。それじゃ警部殿のお願いとは、いったいどんな内容なのか、当ててもらおうじゃないか」

「六蠱に狙われている、と警察に保護を求めて来た女性を集めるので、その全員を死視して欲しい――」

「……」

「――という頼みごとだろ」

曲矢の驚いた表情が、すぐにニヤニヤ笑いへと変わった。

「へぇ、本物の名探偵みたいだな」

「おだてても無駄だ。はっきりと断わる」

「簡単なことだろ。下腹部以外の身体が黒くなってる、そういう女を見つければいいんだ

からな」

「駄目だ」

「まぁ待て……。よし、シャイなお前のために、女性の下半身を遠慮なく見られるように、マジックミラーを用意してやる」

「そういう問題じゃない」

「なら何だ？　報酬か。もちろん出るぞ」

俊一郎は天をあおぐ仕草をしてから、曲矢をじっと見つめつつ、

「六蠱とは何の関係もない、死相が出ている女性を見つけた場合、警察はどうするつもりなんだ？」

「……」

「下腹部の候補者は発見できずに、謎の死相が表れている者を、それも複数にわたって死視する可能性が、かなり高いだろ」

「そういうことか」

「いかなる事態が起きても、警察は対応できるのか」

「お前の客にすればいい」

「なっ……」

あっさりと曲矢に言われ、思わず俊一郎は絶句した。

「一気に依頼人が増えて、探偵事務所も繁盛するじゃないか」

「分かってないな」

「何がだ？」

「ここに来る依頼人は、少なくとも死相の存在を受け入れている。仮にそうでなくても、多くは紹介者のすすめによって訪れているため、こちらの話を聞く姿勢が最低限ある。しかし、不特定多数の人間を死視《しし》して、その中に死相を認めた者が何人もいたとして、どうアプローチするんだ？　警察が間に入って、俺を紹介してくれるのか」

「するわけないだろ」

「たとえ、しても同じだ。警察のお墨つきで、その人たちが依頼人になっても、まず俺には対応できない」

「どうして？」

「六蠱《むこ》の事件のように、背景がはっきりしていないからだ。死相の原因の多くは、ほとんどが本人を取り巻く何らかの問題にある。つまり個人によって、まちまちなんだ。同じような死相が視えるからといって、未来の死因もいっしょとは限らない。だから個々に考える必要があり、ひとりの依頼人に長い時間がかかるケースもある」

「予約でいっぱい状態は、けっこうなことだろ」

　俊一郎は首を振ると、

「確かなことは言えないけど、死相が視えた者は、みな数日から数週間で死に見舞われている」

「……」

「複数の依頼人がいた場合、誰が最初に死ぬのかまで、俺には分からない。誰を優先して死相の解釈をするべきなのか、その判断がつかない。おそらく助けられるのは、ひとりか二人だろう」

「他は見殺しか」

「だから、引き受けないと言ってるんだ！」

「……」

「それにだ。下腹部を狙われている女性を見つけたとして、警察は保護する気はないんだろ？　そのまま泳がせて、六蟲を捕らえる囮《おとり》に使うつもりだろ」

「お前が言ったじゃないか」

「……」

「死相も死視も認識していない者に、どうアプローチするのかってな」

「意味が違う」

「同じことだよ」

「勝手なことばかりほざくな！」

思わず声を荒げた俊一郎を、しばらく曲矢は見つめたあとで、

「おい」

「何だ？」

「もし俺に死相が視えたときは、いの一番で死因を解明してくれ」

こんな話のあとで、よくもぬけぬけと頼めたものである。だが、曲矢らしいなと感じたとたん、ふっと俊一郎は笑っていた。

「なんだよ気色の悪い。笑うような話題か」

「さぁな」

「けっ……、まぁいい。新恒もな、第一の頼みは断わられると読んでいたらしい」

「まだあるのか」

「第二の頼みごとが何か。さて、名探偵には分かるでしょうか」

「どんな内容なんだ？」

「おいおい、いきなり訊《き》くのかよ」

「遊んでる場合じゃない」

「面白味のないヤツだ」

ぶつぶつと曲矢は文句を言いながらも、新恒の二番目の提案を説明しはじめた。

「都内各署の婦人警官の中から、六蠱が候補に選びそうな者を集めて、その全員をお前が

死視する——というものだ」

「……」

「その中に候補者が見つかれば、もうけものってことだな」

「……」

「どうやら新恒は、警察に保護を求めて来た女性たちに、お前が死視をためらう理由を、ほぼ正確に見抜いてたらしいな」

「女性警官なら、そのまま見殺しにしてもいいって言うのか」

「彼女らは警察官だ。むしろ囮には志願するだろうし、今回の事件とは関係のない死相についても、それは職務の——」

「絶対に断わる」

「だろうな」

意外にも曲矢は、あっさり引いてしまった。

「説得しないのか」

「お前が断わる理由は、よく理解できた。相手が一般人であろうと婦警であろうと、お前にとっては同じってわけだ」

「本人が承知なら、囮については何も言わない。だけど、六蠱と関係のない死相の問題は、依然として残る。そこの解決策を思いつかない限り、引き受けるつもりはない」

「お前の商売も、なかなか因果だなぁ」

決して揶揄《やゆ》しているのではない、非常に感情のこもった曲矢の口調だった。

「よーく分かった。新恒には、ありのままを伝えておく」

「それですむのか」

「すむわけねぇだろ」

曲矢は苦笑しながら、

「お飾りの本部長が新恒を叱咤《しった》するよりも、何十倍も物凄《ものすご》い罵声《ばせい》を、あくまでも丁寧な言葉で、しかし強烈に浴びせられるだろうよ」

「新恒警部が？」

「相変わらず甘いヤツだな。お前が断わる理由を予測しながらも、問題の頼みごとを俺にさせたのは、万一の可能性も考えたからだ。つまり実現した場合、その他の死相が視えた一般人や婦警の運命も、そういった人々を前にした弦矢俊一郎の苦悩も、あの男にとってはどうでもいいわけだ」

「……」

「まっ、これも社会勉強だ。世間の大人のやり口ってもんを、これで少しは学んだんじゃねぇか」

ことさら明るく言ったあと、曲矢は急に真面目な顔つきで、

「新恒のお使いは、これで終わりだ。ここからは俺の用事になる」

「もっと大変なことを、実は頼むつもりとか」

「そう疑うな。この前の捜査会議に基づき、水上優太の身辺調査を進めたんだが、その結果、どうにも不可解なある予測が立てられそうでな」

「どんな？」

「六蠱と水上の関係だ」

「分かったのか！」

俊一郎は興奮したが、曲矢は首を振ると、

「いや、二人のつながりじゃない。それは謎のままだ」

「えっ、それじゃ関係って……何の？」

「二人のさ」

「……」

「彼らは同性愛者じゃないか──っていう考えを、新恒は持っている」

「な、何だって⁉」

まったく予想外の展開に、俊一郎は度肝を抜かれた。

「水上は銀座の画廊に、しばしば出入りしていた。よく画家の個展などを、ひとりで見に来ていたらしい。そんな常連のため、画廊のオーナーとは顔見知りだった。で、そのオーナーが、銀座の女性向けの洋装店で買物をする水上の姿を、二度ほど目撃していると証言した」

「彼女へのプレゼント……じゃないよな」

「ああ、彼の周辺を探っても、女っ気はゼロだった」

「六蠱《むこ》のための衣服か」

「そうとしか考えられない」

「判明している事実を整理してみると——、
一、水上の部屋に出入りした女の目撃談がある。
二、女装した六蠱が、彼の部屋を訪ねた形跡がある。
三、彼の部屋から、何かが持ち出された痕跡《こんせき》がある。
四、彼の周囲に女性の影はまったくない。
五、彼は過去に銀座で女性服を買っている。
六、六蠱が訪ねたあと、彼は他殺体で見つかった。
——以上だ」

「それらの事実から、いったい二人はどんな関係だと考えられる？」

「なるほど。状況証拠だけとはいえ、新恒警部の解釈は蓋然性《がいぜん》があるな」

「俺もそう思う」

「ただし——」

「やっぱり気づいたか」

曲矢に指摘されるまでもなく、この新仮説によって持ち上がる大きな問題に、早くも俊一郎は首を傾げていた。

「もし六蠱が同性愛者だった場合、なぜ六蠱の軀《からだ》によって理想の女性を創造するのか、まったく意味が分からなくなる」

「新恒が悩んだのも、そこだ」

「うーん」

「六蠱は両刀使いで、男の恋人である水上は捨てて、理想の女を造ろうとした——っていうのはどうだ？」

「中途半端な気がする。六蠱の犯行には、もっと深くて濃い狂気の願いが感じられる。己の完璧《かんぺき》な理想の女性像に対する、偏執狂的なまでのこだわりがある」

「ほうっ……」

「何を感心してる？」

「よく似たことを、新恒も言ったからさ」

「具体的には何と？」

「六蠱の犯人像に、同性愛者はふさわしくない——とさ。こりゃホモに対する、立派な差別発言じゃないのか」

　曲矢の軽口には取り合わず、俊一郎は問いかけた。

「水上の周囲に、六蠱らしき人物は見当たらないのか」

「さっぱりだ。ちなみに岩野奈那江のまわりも同じで、まったく容疑者が浮かばん」

「……」

　考え込む俊一郎を、しばらく黙って曲矢は眺めていたが、

「おい、名探偵さん。あの学生たちの事件のときのように、ここらでズバッと六蠱の正体を暴いてくれよ」

「事件の傾向が違い過ぎる」

「確かにな。事件の関係者の中に、犯人が潜んでるわけじゃない。被害者候補が都内の何十万人という若い女に広がるように、六蠱の容疑者も同じ範囲の男に広がるんだから、お前には荷が勝ち過ぎてるよ」

「そうだ」

　俊一郎はうなずいたものの、実は引っかかっていた。その微妙な心の揺れを、曲矢は見逃さなかった。

「何だよ、違うのか」

「いや、その通りなんだ。六蠱は被害者を選んでいるとはいえ、やってることは無差別に

犯行をくり返す通り魔殺人と変わりない。こういう事件の場合は、ひとりの名探偵の推理力よりも、警察組織の機動力が必要になる。祖母《ばあ》ちゃんも、そう言ってた」

「お前は、祖母ちゃん子か」

「俺を育ててくれたのは、祖父母だからな」

「ふーん」

曲矢は興味を持ったようだが、今は個人的な話をしている場合ではないと思ったのか、

「で、何が気になってるんだ？」

「なかなか容疑者の絞り込みができない、できたとしても個人の探偵の出番などない、そんな事件だと思っていた。けど、実は関係者の集団が、いつしか形成されているんじゃないだろうか。水上優太を中心にして――」

「俺も同じ感じは受けてる。だがな、いくら水上を洗っても、これという手がかりは浮かんでこない。ここまで何も出ないのは、逆に不自然とさえ言える」

「そこに、この事件を解く鍵《かぎ》があるのかもしれない」

「どういう意味だ？」

「関係者の集団ができていそうで、できていない。このあやふやな状況にこそ、大きな手がかりがあるんじゃないか」

「言いたいことは分かるが、もっと具体的に説明しろ」

「それが可能なら、事件は解決してる」

「おいおい、それじゃ少しも前に進まんだろう」

「大島夕里と岩野奈那江、二人から話を聞きたい」

俊一郎の要望に、曲矢は戸惑いの表情を見せた。

「別にかまわんが、二人には我々が、さんざん事情を聞いてるぞ。まさかお前、自分ならもっと聞き出せると、うぬぼれてるんじゃなかろうな？」

「違う。関係者の中で水上をのぞくと、事件に深く関わっているのは彼女たちになる。おぼろげながらも関係者の集団が見えているのなら、もしかするとオーソドックスな手法が役立つかもしれない。だから直接、話を聞いておきたいんだ」

「いいだろう。まだ二人に死相が表れているか、そのチェックもしておきたいしな」

曲矢は携帯を取り出すと、大島と岩野に電話をした。その結果、今日の夕方から所轄で時間をずらせて、ひとりずつと話をする段取りがついた。

いっしょに署まで行こうという曲矢の誘いは断わり、探偵事務所に残った俊一郎は、祖母に電話をした。これまでの報告をすると共に、六蠱の軀について分かったこと、思い出した事実があるか尋ねるためである。

「こっちでも、えらい騒ぎや」

事件について一通り俊一郎の説明を聞いたあと、祖母は大きな溜息《ためいき》をついた。

「関西まで来るかいな言うても、守って下さいいう者《もん》が、あとからあとから来《き》よる。若い女だけやないで、あんたは大丈夫やいうおばはんまで、ひっきりなしに押しかける。もし六蠱が狙う女の年齢層を広げるんやったら、真っ先にわたしゃが襲われるわ」

それは絶対にあり得ないと断言できたが、俊一郎は黙っていた。

「六蠱の軀について、何か新事実はないのか」

「こら、祖母ちゃんの身の心配を、まずせんかい」

「だって、関西には来ないんだろ」

「それは弦矢愛いう女性の存在を、六蠱が知らんからや。せやけどヤツは、黒術師の息がかかっとる。ひょっとしたら、わたしゃの写真を渡されとるかもしれん。もしも六蠱が、わたしゃの色っぽい写真を目にしたら——」

震え上がって焼き捨てるんじゃないか、という言葉を呑み込みつつ、

「写真の相手が関西にいることを残念がって、引き続き東京で犯行をくり返すんじゃないかなぁ」

「……なんや言葉に、心がこもっとらん気がする」

「そうか。六蠱の気持ちを代弁してるんだけど」

「まぁええ。で?」

「だから、六蠱の軀について、新たに分かったことはないのか、って訊《き》いてるんだよ」

「ない」

「ひとつも？」

「ない」

「そうか……」

「追加料金の請求書は送るけどな」

「な、何でだよ？」

「調査をしたからに決まってるやないか」

「結果が出てないだろ」

「民間の探偵に、行方不明者の捜索を依頼してやな、見つからへんだからいうて、費用を払わんですむ思うか」

「それとこれは——」

「同じことや」

やれやれ……と俊一郎は脱力したが、確かに祖母の言う通りである。

「分かりました。じゃあ——」

「ちょっと待ち」

「なんだよ？」

「六蠱《むこ》の軀《からだ》でな、少し考えたことがあってな」

　そう言うと祖母は、六蠱の軀の儀式におけるある可能性について話した。

「へぇ、なるほど」

　だが、このときの俊一郎の反応は、あまりはかばかしくなかった。そういう解釈もできるか、という程度だったに過ぎない。

　電話を終えた俊一郎は、なんとか自力で——電車を使って——曲矢が待つ所轄署まで辿《たど》り着いた。途中、彼が「黒衣の女」と名づけた尾行者は、幸いにも現れなかった。

　いつからかは分からないが、俊一郎は外出先で、しばしば黒いものを見るようになっていた。それも決まって自分の後ろにいる。その黒いものが、やがて女のように思えてきたため、黒衣の女と呼ぶようになる。正体も尾行の目的も不明だったが、黒術師の息がかかっていることは間違いないと思う。

　今回は、まだ一度も姿を見せていない。それはそれで気になったが、わずらわされないのは、もちろん助かる。

　警察署の応接室でしばらく待つと、まず大島夕里がやって来た。だが、話を聞く前に騒動が持ち上がった。

「この男性は、いったい何者なんです?」

　俊一郎の正体を、いきなり彼女が問題にした。

　曲矢の「研修中の特別捜査官だ」という適当な説明は受け入れられず、「民間の探偵だ」と真実を半分だけ話して、ようやく少し納得したらしい。

「でも、ただの探偵じゃありませんよね？」

驚くべきことに夕里は、俊一郎が何らかの超能力者だと考えているようで、しきりに探りを入れてくる。

確かに普通の探偵じゃないけど……。

ここで死相の件を話すのは、やはりまずいだろう。そう思って曲矢を見ると、顔をしかめて駄目だと言っている。

「あなたの読みは正しいです」

いきなり俊一郎が認めたため、彼女だけでなく曲矢までが、大いに仰天した。

「しかし――」

曲矢が怒り出す前に、すかさず続ける。

「捜査上の秘密のため、お教えするわけにはいきません。ご理解下さい」

幸いにも夕里は了解してくれた。おそらく俊一郎自身の口から、いかにも隠密の話めいた口調で伝えたためだろう。

曲矢は横で、あんぐりと口を開けたままだった。まさか彼にこんな対応ができるとは、まったく思いもしなかったに違いない。

この一幕のあと、大島夕里の事情聴取はスムーズに進んだ。俊一郎が詳細な質問を何度かくり返すと、以降は訊かなくとも自分から積極的に、事件に関する話を事細かに述べてくれるほどだった。

「あの女、俺のときより詳しく話してやがったぞ」

終わってから曲矢が、どれほど彼にぼやいたことか。

ところが、岩野奈那江はもっと厄介だった。俊一郎が何者か、それを気にするまでは大島夕里と同じである。

そこで曲矢が、「特殊な能力を持っている民間の探偵で、実は捜査に協力してもらってる人物だ」と、さっさと説明してすまそうとした。だが、これが逆効果だった。彼女は怖がってしまい、ほとんど満足に話を聞くことができない。

「しまった。岩野の父親の愛人が、霊媒師もどきだったのを忘れてたよ。お前がその手と同じ輩《やから》だと、ありゃ勘違いしてるぞ」

二人は席を外して相談した結果、仕方なく死視《しし》の力について教えることにした。

「わ、私に……」

奈那江は驚愕《きょうがく》の表情を浮かべながら、

「死相が視える……？　それも六蠱の軀の候補としての？　ほ、本当なんですか」

「はい」

「まさか……そんな……」

しばらく奈那江は絶句していたが、はっと我に返ったように、

「六蠱に襲われたのは、何かの間違いだと思っていました。ただ、相手が顔を見られたと思い込んでいたら、命を狙われる危険はあります。そういう恐怖は、今も消えません。でも、六蠱の軀の候補としてなんて……。お綺麗《きれい》な顔立ちの夕里さんは、とてもよく分かります。あの薄闇の中でも、きっと六蠱は目に留めたに違いありませんから。けど、どうして私が……」

俊一郎が口を開きかけると、彼女は首を振りながら、

「いえ、お気づかいなく。自分の容姿が、六蠱の対象外であることくらい、よく分かっております」

今度は俊一郎が首を振りつつ、

「そうじゃないんです。実は――」

六つ目の身体について、その役割を説明した。

「……けど、いったい誰が……」

「誰かに見初められるような、そんな覚えは？」

「いいえ……」

奈那江は激しく否定しながらも、

「私……死ぬんですか」

遅まきながら恐怖に囚《とら》われたのか、急に怯《おび》えはじめた。それからは、まともに話ができなかったほどである。

「岩野の方は、何の進展もなかったな」

奈那江を帰らせたあと、そう言って曲矢はほぞをかんだ。

「大島夕里の話を聞けただけで、充分な収穫だったと思う」

「本当か」

俊一郎の言葉に、曲矢がすぐ反応した。

「で、二人の死相は？」

「そのままで変わっていない」

「六蟲の野郎……」

「だけど一か八か、やってみようっていう決心がついたよ」

「何のことだ？」

不審そうな曲矢に、とても真面目な表情で俊一郎は、

「関係者を一堂に集めての謎解き」

「な、何だとぉ？」

「もちろん、その前に警察のご許可を、ちょうだいしたいと思いますが――」

十四　六蠱

「さて、みなさん――」

弦矢俊一郎は立ったまま、警視庁の応接室に座っている全員の顔を、ひとりずつ見やりながら話しはじめた。

「今から六蠱《むこ》の事件を、解決したいと思います」

誰も声にこそ出さなかったが、ざわざわっとした気配が、たちまち室内に広がった。

彼の目の前には左から順に、浦根保、曲矢、岩野奈那江、新恒、多崎大介、大島夕里の六人が、部首の「冂《えんがまえ》」のように二人ずつ横に並んで座っている。事情聴取という名目だったが、夕里と奈那江の二人は再三にわたる呼び出しのためか、いい加減うんざりした表情に見える。だが、それも俊一郎が喋《しゃべ》り出すまでだった。

「しばらくご拝聴のほど、よろしくお願いします」

事件の謎解きをする段になると、なぜか俊一郎は人見知りをしなくなり、とても饒舌《じょうぜつ》になる。どうしてか自分でも分からない。

　そんな彼の姿を最初に目にしたときの、曲矢の仰天振りは見物だった。いや、今でさえ信じられないものを見る眼差《まなざ》しで、まじまじと彼を眺めている。どうやら新恒も、かなり驚いているらしい。ただし、その感情はちらっと顔に出ただけで、すぐにポーカーフェイスになったのは、さすがと言うべきか。

「私が何者であるかは、新恒警部のご紹介の通りです。非公式に捜査協力をしていましたが、正直、今回のような事件では、なかなかお役に立つことができず、とても歯がゆい思いをしておりました」

　へりくだった俊一郎の物言いに、曲矢がうめいた。ぶっきらぼうな口調に慣れているためか、気色悪くて仕方ないのだろう。

「最大の理由は、六蠱の犯行が被害者を無差別に選ぶ、いわゆる通り魔殺人と変わらないことです」

　曲矢との会話を、より分かりやすく説明する。

「それだけではありません」

　さらに黒術師の存在と六蠱の軀《からだ》の儀式について、差《さ》し支《つか》えのない範囲で詳述した。

「よって警察としても、過去の通り魔殺人に関するデータが、ほとんど使えない状態です。この事件が極めて特殊な、異様な犯罪だということが、これでお分かりいただけたのではないかと思います」

「よろしいですか」

多崎が手をあげたので、俊一郎がうなずく。

「六蠱に自覚はあるんですか。それとも黒術師に操られている状態なのか」

「おそらく両方です。ただし、六蠱の願望が最初にあった。そこに黒術師がつけ込んだ。あとは双方の思惑が合致して、猟奇連続殺人の幕が上がった」

「そんなことが、本当に……」

「私の想像ですが、はじめは五分五分だった双方の意思が、そのうち黒術師側に大きく傾いていったのではないか、と考えています。六蠱に犯行の自覚はある。しかし、そこには犯罪者特有の、焦り、不安、危機感、ためらい、破滅願望といった負の感情が、一切ないのかもしれません。だからこそネット上に犯行声明文を流した。そして世間が六蠱に慄《おのの》き、警戒を強める中でも、犠牲者を物色して犯行をくり返せたわけです」

「事件の特異性は、よく理解できました」

多崎の言葉に、夕里たちも首を縦に振っている。

「それに弦矢さん、あなたが死視《しし》という力を持つことも、警察のお墨つきのようですから、我々としても信じざるを得ません」

「私と奈那江さんに、死相が視えるという話ですが――」

夕里が口をはさんだ。

新恒が俊一郎の紹介をしたとき、死視の力に言及すると共に、大島夕里の死相についても隠さず打ち明けてあった。その瞬間、さすがに怯えた顔を見せたが、今は彼女も気丈に振る舞っている。

「このまま六蠱が捕まらなければ、私たち二人は遅かれ早かれ、やがてヤツの犠牲になるってことでしょうか」

「そうです」

「どれほど警察が守ってくれても、どんなに自分で用心しても、結局は無駄で、もう決まってしまった運命になるのですか」

「その点に関しては、実は私も、まだよく分かっていません」

「えっ？」

「たとえばお二人を、金庫のような部屋に匿《かくま》ったとします。六蠱が絶対に手出しできないような場所です。では、この防衛策で死相が完全に消えるかというと、その保証はできないのではないか、と私は思います」

「ど、どうしてです？」

「六蠱があきらめていない場合、どれほど身の安全を確保しても、おそらく意味がないからです」

「そういう理屈か」

多崎が安心したような口調で、

「つまり死相が出ているからといって、必ずしも死ぬわけじゃないんだ」

「今回の場合は、そう考えて良いと思います」

俊一郎は応《こた》えつつ、夕里を見つめながら、

「それに今、あなたの死相は消えています」

「なんだとぉ？」

本人よりも先に、曲矢が反応した。

「本当か」

「はい」

「けどお前、昨日の時点じゃ――」

「大島夕里さんに、死相はありました。でも、ほんの少し前に死視したところ、消えていたんです」

「昨日と今日と、いったいどんな変化があった？」

曲矢が悩んでいると、新恒が興味深そうな表情で、

「死視の力を持つ弦矢俊一郎氏が、本事件に関わっていると、ここにお集まりのみなさんが知ったこと――かもしれませんね」

誰もがお互いの顔を見合わす中で、奈那江が小さな声を上げた。

「私は……、私の死相は……？」

「残念ながら、そのままです」

「……」

黙り込む奈那江に代わって、今度も曲矢が口を開いた。

「どういうことだ？　六蠱の野郎は、なぜ大島夕里をあきらめた？　なのに、どうして岩野奈那江はあきらめない？」

興奮するあまりか、本人たちが目の前にいるのに、名前を呼び捨てにしている。

「直接の訳は分かりませんが——」

俊一郎が答える前に、新恒が考える素振りを見せながら、

「根本の理由なら、おおよそ予想がつきそうです」

意味深長な言い方をしたので、ますます曲矢が感情を高ぶらせた。

「何のことです、警部？」

「失礼な言い方ですが、大島夕里さんの部位は替えがきくものの、六つ目の身体である岩野さんの場合は、どうしても彼女でないといけないからでしょう」

新恒の解釈に、夕里は身震いをし、奈那江は両手で顔をおおってしまった。

「しかし警部、彼女の周囲に、六蠱の影はありません」

「いや、お二人に表れた死相の差を鑑《かんが》みても、きっと我々が見落としている、とても小さ

な接点があるはずです」

「その接点なんですが——」

　俊一郎が話を続けた。

「警察では、六蠱《むこ》↓水上優太さん↓岩野奈那江さん、というつながりがあると考えた。でも実は、六蠱と水上優太さん、六蠱と岩野奈那江さん、という風に、それぞれ別のつながりが存在した可能性もありますよね」

「そりゃそうだが、だったら二人の周囲に、共通の人物が浮かび上がるだろう」

　納得がいかなそうな、曲矢の口調である。

「ですから、ほんの一時だけの、その場限りの接点だったのです」

「何なんだ、それは？」

「クリエーションの出版部で企画されたシリーズ書籍において、美術全集で水上優太さん個人に、エステ関係で岩野奈那江さんが勤務される自休空間に、それぞれ取材をしたときだけの接点です」

「ということは……」

「多崎大介さんであれば、お二人を知る機会があった」

　全員の視線が、いっせいに多崎に集まった。

「い、いや……」

彼が喋《しゃべ》りかけたが、俊一郎はかまわず先を続ける。

「水上優太さんとは学校の外で、美術関連の雑誌に原稿を書いている著者のひとりとして会った。岩野奈那江さんの場合は本人ではなく、彼女の勤務評定をしている男性上司に取材した。その際、非常に評価の高い彼女のことを耳にした」

「しょ、証拠はあるのか」

「いえ、あくまでも状況証拠だけですが、それがけっこう多いのは、どうしてなんでしょう？」

「……」

「なぜ多崎さんは、大島さんが持ちかけた当山さんの相談に、とても熱心だったのか」

「後輩から頼られたんだ。あ、当たり前じゃないか」

「では、どうして多崎さんは、当山志津香さんの殺害現場である無人の家屋を、真っ先に調べようとしたのか」

「そ、それは……、あそこが最も怪しかったからで……」

「多崎さんの好みは、大島夕里さんのようなお顔らしい。大島さんが狙われていたのは、まさに頭部です」

夕里がぎくっと身体を強張《こわば》らせ、多崎と距離を置く仕草を見せた。

「また、肉感的な女性がお好きだということですが、これは当山志津香さんに当てはまります」

「な、何を根拠に……」

「大島さんが警察から警護され、また浦根さんが周囲に現れる状況の中で、依然として彼女には死相が出ていました。つまり六蠱が、まったく彼女をあきらめる気がなかったのは、いつでも襲える位置に自分がいたからです」

「こじつけだ」

「そして多崎さんご自身は、歌舞伎の女形《おやま》のような美形のうえ細身です。つまり、女装をするには最適な容姿をしている」

「バ、バカな……」

多崎は追いつめられた表情を浮かべていたが、急に新恒へ顔を向けると、

「こ、こんな素人探偵の言うことを、警察は、ま、真に受けるのか！」

「ただし――」

彼の叫びと、俊一郎のつぶやきが、ほぼ同時だった。

「多崎さんが六蠱だった場合、どうやって丸尾麗加さんを襲ったのか」

「どういう意味だ？」

曲矢が問いかける。

「岩野奈那江さんの襲撃のあと、六蠱は女装して被害者に近づく、という情報が流れてい

ます。つまり若い女性は、自分たちと同じように見える人物に対して、最も警戒するはずなんです。なのに丸尾麗加さんは、住宅地で襲われたにもかかわらず、付近の住人の誰ひとりとして悲鳴を聞いていない。これは自由を奪われる瞬間まで、まさか相手が六蟲だとは考えもしなかった結果ではないでしょうか」

「うーん……」

「六蟲に関する謎は、いくつもあります。その中で特にふに落ちないのが、犯行時の透明人間化現象とでも呼ぶべき、六蟲の姿です」

「丸尾麗加さんについては、私も同じことを考えました」

新恒が賛同しつつ、続けて尋ねた。

「その解釈から、何が導き出されます？」

「多崎さんの言葉を借りれば、六蟲の擬態は女装だけではない——という推理です」

「では、いったい他に何があると？」

「人通りの少ない夜道、若い女性のあとを尾《つ》けても不審に思われず、いざとなれば隠《かく》れ蓑《みの》になる装束——」

「それは？」

「警察官の制服です」

「……」

「ただし、偽物ではいけません。ひとりだけでなく、何人も女性を襲う計画があるのですから、最初から本物を用意しておく必要があります」

「現職の警察官が六蠱だ、とおっしゃるつもりですか」

「とはいえ今、きちんと職務をこなされている方には、今回の連続殺人は無理です。もっと時間のある人――、たとえば休職中の警察官ですね」

みなの眼差《まなざ》しが、一気に浦根保へと集中する。

「岩野さんの襲撃に失敗し、大島さんに追われそうになった六蠱は、大胆にも二人の前に戻って来た。自分の顔を見られたかどうか、確かめるためにです。そして彼女たちの反応をうかがって、少しでも疑いを覚えた場合は、もちろん二人とも、その場で殺害するつもりだった」

「浦根巡査」

「はっ」

新恒の呼びかけに、彼はソファに座ったまま姿勢を正した。

「君は、萩原朝美さんとは恋人関係だったと、大島さんに話したそうですね」

「……」

「ところが実際は、そういう事実はなかった。違いますか」

「は、はい……」

「萩原朝美さんが殺害されたのは、吉祥寺の井の頭公園内でした。なぜ彼女の現場だけ、二十三区外だったのか」

「し、しかし警部、丸尾麗加さんも……」

「彼女は連続殺人が進んでからの、六蠱を取り巻く状況が変わってからの、被害者になります」

「そ、そ、そうですが……」

新恒の鋭い眼光に射すくめられたように、浦根は完全に固まってしまったところで、

「ただし——」

再び俊一郎がつぶやいた。

「すでに警部も察していらっしゃる通り、浦根さんには、岩野奈那江さんと水上優太さんとの接点が、まったく見出せません」

「おいおい——」

曲矢が身を乗り出してきた。

「お前、いい加減にしろよ。さっきから黙って聞いてりゃ——」

「彼にまかせましょう」

新恒の言葉に、さすがの曲矢もとっさに口ごもる。

「ありがとうございます」

俊一郎は軽く一礼すると、そのまま続けた。

「女装、女装と制服警官の組み合わせ、と考えたところで、私は根本的な見直しをするべきだと気づきました。岩野さんが六蟲《むこ》のかつらを取ったことから、我々は女装を連想したわけですが、もうひとつ別の可能性があったんです。それは、年輩の女性が若い女に化けていた、という場合です」

「……」

きょとんとした全員の瞳《ひとみ》が、俊一郎に注がれた。

「なぜ岩野さんは、逃げる六蟲を追いかけようとする大島さんを、必死に呼び止めたのでしょう？」

「まさか……」

曲矢が両目をむいている。

「かつらを取った顔が、自分の母親だったからです」

「……」

両手で頭を抱えながら、奈那江が下を向いた。

「岩野さんが襲われたあと、警察は彼女を警護する目的で見張りましたが、母親の出入りは自由でした」

「確かにそうだが……」

「丸尾麗加さんは、なぜ無防備にも六蠱の接近を許したのか。どこにでもいる年輩の女性が、いきなり自分に襲いかかるとは思いませんよね」

「しかし、動機は？」

「ご本人のいる前で、少し言いにくいのですが――」

「かまわん」

曲矢らしく、奈那江のことは気にしていない様子である。

「ご主人の愛人が、娘さんと同じくらいの年齢だったこと。その奈那江さんが、ご自分の容姿にコンプレックスを持っていること。大きくは、この二つだと思います」

「だが、それだけじゃ――」

「そんな心のひだに、黒術師がつけ込んだのです」

「うーん……。そんな母親のことを、娘は？」

「当然、最初は知らなかった。でも、どこかで変だなと思いはじめた。ただ、それが母親にも分かってしまった」

「だからか。部位を集めている途中にもかかわらず、六つ目の身体を手に入れようとしたのは」

「水上優太さんとの関係は、どうなります？」

新恒が尋ねた。

「岩野さんの母親は、郷里で教師をしていたと聞いてます。そこは、もしかすると長野ではありませんか」

「彼女の教え子だったと？」

「岩野さん母娘が住む尺子谷と、水上優太さんが暮らす江素地は、隣駅の関係です。どこかで偶然に出会っていても、それほど不思議ではありません」

「だから彼の部屋を知っていた……」

納得しかけながらも新恒は、すぐに新たな疑問点を質《ただ》した。

「そうなると、水上さんが銀座で女性の衣服を買い、贈っていた相手は、岩野さんの母親になるのですか。でも、どうして？　それに自分の部屋を、なぜ変装用の場所として提供したのです？」

「二人の間に、教師と生徒を超えた関係が、当時からあったとか」

すかさず曲矢が、かなり踏み込んだ意見を述べた。

「岩野さんの母親は教師として、とても真面目な方だった、と曲矢刑事から聞きました。その可能性は、極めて低いでしょう」

「ああ、そうだったな」

「つまり二人の間には、何ら関係が見出せなくなります」

「おい、だったら――」

かみつく曲矢を、片手を上げて俊一郎は制しながら、

「私は祖母から、六蠱の軀《からだ》の儀式におけるある可能性について聞いたとき、まったくピンときませんでした。しかし、それを今回の事件に当てはめて、もう一度じっくり考えてみると、すべて綺麗《きれい》に説明がつくことに気づいたのです」

「いったいお前の祖母《ばあ》ちゃんは、何を言ったんだ？」

「六蠱の軀の儀式における六つ目の身体が、六蠱自身であるかもしれない可能性です」

「なっ……」

「岩野奈那江さん、あなたが六蠱ですね」

「……」

誰もが信じられないという表情で、奈那江を見つめた。だが、彼女はうつむいたまま、まったく顔を上げようとしない。

「ま、待て――」

曲矢が焦りながら、

「あの家で岩野奈那江は、六蠱に襲われたんじゃないのか」

「逆です。六蠱である彼女が、女装していた水上優太さんを女と間違え、過って襲ってしまったのです」

「何だと……」

「なぜ水上優太さんは、銀座で女性物の衣服を買ったのか。なぜ彼の周囲には、まったく女性の影がなかったのか。それでいて、なぜ部屋に出入りする女の姿が目撃されたのか。彼が同性愛者だったかどうかは別として、女装の趣味があったと解釈すれば、すべて説明がつきます」

「その姿を岩野は、以前から何度か見て、候補にしていた？」

「もしくはあの夜、いわゆる一目惚《ひとめぼ》れをして、衝動的に襲ったのかもしれません」

「誘い文句は、いくらでも考えられるな。建て替え中の家に、忘れ物を取りに行く。ひとりでは怖いから、いっしょに行ってもらえないか。相手が女なんだから、まさか水上も襲われるとは思わなかった……」

「岩野さんが大島さんを呼び止めたのは、彼女が相手を捕まえてしまうと、自分の方が加害者だとバレるからだったのです。被害者にもかかわらず水上さんが逃げたのは、女装癖が明るみに出ることを恐れた結果です。現職の教師ですからね」

「しかし、おかしいぞ」

曲矢は首を傾げつつ、

「水上が逃げたあと、岩野の周囲には、大島、浦根、そして我々がつねにいた。事情聴取を終え、マンションに送ってからは、警護のために見張っていた。どう考えても彼女に、水上を殺害できたはずがない」

「アリバイがありますね」

曲矢の意見に、新恒が賛同する。

「簡単なことです。岩野さんは金曜日の早朝に、母親に化けてマンションを出て、水上さんのところへ向かった」

「あっ……」

曲矢が、ぽかんと口を開けている。

「ぼさぼさの髪の毛、よれよれの服、という母親の姿になるだけで良かった。母親の精神状態については、警察でも理解していました。それが裏目に出たわけです」

「うーん……」

「マンションを張り込んでいた刑事さんは、岩野さんは部屋にこもったままで、たまに母親が出歩くだけだと報告しています。ところが、大島さんたちが訪ねたとき、散歩に出るのかと訊《き》いた娘に対して、母親は『たまには外の空気を吸うのも、いいかもしれない』と答えたそうです」

俊一郎の言葉に、夕里が大きくうなずく。

「刑事さんが見張りについたのは、先週の木曜日の深夜で、報告があったのは、今週の火曜日です。大島さんたちが岩野さん母娘を訪ねたのは、その間の日曜日です。刑事さんには、たまに出歩く母親の姿が見えていたのに、当の母親はたまには出かけるかと言っています。矛盾しますよね」

「つまり岩野奈那江は、前から女装した水上優太を候補にしており、彼の住まいを知っていたってわけか」

「そうとも考えられますし、あの夜の一目惚れでも問題はありません」

「けどその場合、水上の住まいが分からんだろ」

「彼女は勤務先で、彼を見かけていました。あの夜、かつらを取った顔を目にして、すぐに彼だと気づいたのではないでしょうか。そこで翌日の早朝、彼女は会社に行って、顧客リストを調べたのです」

「顔しか分からん男を、いったいどうやって――」

「エステの顧客リストには、写真がついていたと聞いています」

「……くそっ。岩野奈那江は警察に見張られながらも、六蠱《むこ》としての活動を続けてたっていうのか」

曲矢が歯ぎしりするのと対照的に、新恒は冷静な様子で、

「そうなると弦矢さん、あなたが死視《しし》した彼女の死相には、いったいどんな意味があったのです？」

「今回の事件にも、死相に手がかりがありました」

「ほうっ」

「大島さんに死視の説明をして、視える死相をお伝えしたとき、まず彼女は怯《おび》えました。恐怖したわけです。ところが、岩野さんの場合は、最初に驚きがあった。自分が六蠱に狙われている、殺されるかもしれないという怖さよりも先に、驚愕《きょうがく》の念を感じたのです」

「六蠱である自分に、なぜ死相が出るのか――と」

「はい。そのとき彼女は、『お綺麗な顔立ちの夕里さんは、とてもよく分かります』と口をすべらせています。大島さんの死相については、一言も伝えていないのに」

「そうだった……」

再び曲矢が歯ぎしりした。

「しかも彼女は、『お綺麗な顔立ち』と言っています。つまり大島さんが狙われているのが、頭部だと知っていたことになる」

「くそっ、俺としたことが……」

「大島さんがマンションを訪ねたとき、岩野さんは『夕里さんに出会えて、本当に助かりました』と、あなたがいなければ『今ごろ私は、どうしていたか』と言ったそうです。あの家で大島さんに助けられた事実を、感謝しているように聞こえますが、ならば『今ごろ私は、どうなっていたか』ではないでしょうか。この台詞《せりふ》の真意は、大島夕里さんの素晴らしい頭部に出会っていなければ、『今ごろ私は、どうしていたか』という六蠱としての感慨にあったのです」

「そんな細かいことまで、お前——」

「岩野さんが弦矢俊一郎を恐れたのは、霊能者だと勘違いしたからでしょう。つまり霊視などによって、自分の正体を悟られる心配をしたわけです」

「なるほど。で、死相の問題は？」

「岩野さんは考えました。どうして自分に死相が出ているのか。そして彼女は、おそらくひとつの結論に達したのです」

「どんな？」

「岩野奈那江自身を六つ目の身体として、いざ六蠱の軀の儀式を行なう際に、何らかの不具合があって、きっと自分は死ぬに違いない——そう考えたのです」

「……なるほど。もっともな解釈だな」

「だから、大島夕里さんの死相が消えたのです」

「六蠱の軀の蒐集《しゅうしゅう》をあきらめた、無駄だと悟ったからか……」

新恒が好奇心に満ちた眼差《まなざ》しで、

「実際その通りなんですか、彼女の死相の意味は？」

「いいえ」

俊一郎が否定すると同時に、がばっと奈那江が顔を起こした。

「もしそうなら、もっと違った死相が出ていたように思えます」

「心臓のあたりに真っ黒な点があり、そこから黒い紐《ひも》状の影が、蜘蛛《くも》の巣《す》のように広がって伸びる……という死相ではなく？」

「はい」

「では、この死相の意味は？」

「浦根巡査が謹慎中にもかかわらず、熱心に探偵活動を続けた結果、やがて六蠱の正体に気づき、想いを寄せていた萩原朝美さんの敵を討つために、岩野奈那江さんを射殺することを暗示している——と、私は解釈します」

「なんと……」

「彼が優秀な探偵であることは、新恒警部も認めておられました」

「そうです」

「大島さんは、浦根巡査から敵討の決意を聞いたとき、彼が六蠱を射殺するつもりかもしれない、と感じています」

「六蠱の正体を突き止めた暁には、署の保管室から、拳銃《けんじゅう》を持ち出すつもりだったのですか」

新恒が問いかけると、浦根はこっくりとうなずいた。

「そんなぁ……」

突然、岩野奈那江が立ち上がったかと思うと、

「そんなの嘘よぉぉぉっ！」

腹の底から絞り出すような、ぞっとする声で絶叫した。

曲矢がしっかり奈那江の腕を取ると、新恒が内線で二人の男性警官とひとりの女性警官を呼び、彼女を部屋から連れ出した。

岩野奈那江はソファの前から扉口まで、両腕を警官に抱えられながらも、ずっと後ろ歩きだった。その間、彼女の狂気に満ちたギラギラとした眼差しは、少しもそれることなく、ひたすら大島夕里に向けられていた。

俊一郎は思った。

今、大島夕里を死視すれば、きっと以前と同じ死相が視えるに違いない……と。

終章

「お前、ありゃ何の冗談だ？」

応接室から大島夕里たちを送り出したとたん、曲矢がかみついた。

「何が？」

「とぼけんな！」

俊一郎が真顔で聞き返すと、曲矢は怒り出した。

「岩野奈那江が六蟲《むこ》だと、土曜日の時点で分かってたんだろ」

「いや。あのときは、まだ自信がなかった。それでも祖母《ばあ》ちゃんの言葉の意味を考えていると、なんとなく見えてくるものがあった」

「しかし今日、ここに来て話しはじめる前には、もう六蟲の正体を察してたんじゃないのか」

「確信したのは、大島夕里から死相が消えているのを視たときだ」

「な、なのにお前は六蟲の正体を、やれ多崎大介だ、浦根保だ、岩野の母親だと、さんざん引きずり回しやがって――」

「すぐに犯人を指摘したんじゃ、あまり面白くない」

「き、貴様ぁ――」

「いや、半分は冗談だ」

いきり立つ曲矢を、まぁまぁと新恒がなだめた。

「決定的な物的証拠がない以上、ああいう推理展開によって心理的に真犯人を追いつめる作戦は、なかなか効果的だったと思いますよ」

「作戦……？」

疑わしそうな顔をする曲矢を無視しつつ、さすが新恒だな、と俊一郎は思った。

「どんな作戦だったというんです、警部？」

「集められた関係者の中で、どんどん容疑をかけられる者が出て、それが次々と白になっていく。要は容疑者が絞られていく……という感覚を、六蠱である岩野奈那江は、否応《いやおう》なく味わうことになるわけです」

「そんな効果を、こいつが考えてたって言うんですか」

ますます疑う表情を、曲矢は浮かべた。

「警部、それは買いかぶり過ぎですよ」

「そうかな」

曲矢の訴えを、新恒は笑ってかわすと、

「それにしても事件の謎解きになったとたん、あなたが饒舌《じょうぜつ》になるのは、どうしてなんでしょうね？」

「さぁ……」

自分でも分からないため、俊一郎としても答えようがない。

「もちろん喋《しゃべ》らなければ、推理を述べることはできないわけですが……。それにしても普段のあなたとの、落差があり過ぎます」

「単にこいつが、へんくつなだけですよ」

曲矢の憎まれ口に、新恒は苦笑しながらも、じっと俊一郎を見つめている。その眼差しを見返すうちに、ふと彼は思った。

この警部は、俺について何か知っているのか……？

なぜ、そんな風に感じたのかは分からない。ただ相手の瞳《ひとみ》の中に、俊一郎自身も知らない自分の秘密が、ちらっと垣間《かいま》見えた気がしたのである。

「いずれまた、お世話になるかもしれませんね」

「もしまた事件に関わったときは、まず俺に犯人を教えろ」

新恒と曲矢、それぞれに言葉をかけられた俊一郎は、警視庁から探偵事務所までパトカーで送られて帰った。

事務所の扉を開けると、ソファの上にぶくぶく猫のメタルが、でんっと我が物顔で座っていた。

「あっ……、百万円！」

にゃーと声がして、パソコンの陰から僕が顔を覗《のぞ》かせた。

「こらっ、キーボードの上で寝るなって言ってるだろ」

俊一郎が机に近づきながら小言すると、立ち上がった僕が、にゃーにゃーにゃーと盛んに話しかけてくる。

「えっ、お前が捜し出したのか、ぶくぶく猫を？　どうも最近よく出かけると思ったら、そうだったのか」

　ぶくぶく猫じゃなくてメタルだよ、と抗議する僕の声を聞き流しながら、俊一郎はニンマリと微笑んだ。

「そうか、そうか。僕にゃん、よくやった。最高級品の笹かまぼこを、あとで買ってやるからな」

　にゃーにゃーと騒いでいた僕の声が、ピタッと止まった。笹かまぼこという単語に、どうやら反応したらしい。

「祖母ちゃんへの支払いができる。あのうるさい督促からも、これで解放されるぞ」

　俊一郎が喜んでいると、当の祖母から電話が入った。

「わたしゃの読みは、当たってたわけか」

「相変わらず早いな」

　もう警視庁の応接室での出来事が、祖母には伝わっていた。

「六蠱の軀《からだ》そのもんが狂気の儀式やが、それを自分の身体で試そうとするやなんて……女の業やなぁ」

「動機は、容姿のコンプレックスか」

「父親の愛人騒動が、おそらく引き金になったんやろ。しかも勤め先が皮肉なことに、美容エステやからな」

「けど、黒術師がいなかったら……」

「もちろん奈那江さんも、こんな犯行はせなんだはずや。たとえ六蠱の軀の知識があっても、恐ろしゅうてできんやろ」

「だろうな」

「今の奈那江さんは、まるで憑《つ》き物《もの》が落ちたような状態らしい」

「まさか、記憶がないとか」

「いや、自分の犯行は覚えてるみたいや。ただ、半分は己の意思ではない何かに、突き動かされていたような気がする……って言うてるようや」

「だけど黒術師の罪は……というより、そもそも存在を警察は証明できるのか」

「無理やな。第一そんなこと、警察にできるわけないし、するとも思えん」

「でも、新恒警部は――」

「あん人は理解してる。せやけど俊一郎、もし黒術師の存在を突き止められて、奈那江さんに接触した事実をつかめたとしても、それが裁判で証拠として認められる思うか」

「……いや」

「今の日本の社会では、黒術師が行なう呪術《じゅじゅつ》は、完全にあり得ん存在なんや。せやから日本の法律で裁くことは、絶対にできん」

「野放しか」

「みなが日々を営む、この日常の世界ではな」

祖母の声音が、少しだけ変わった。

「どういう意味だ？」

「相手が現実にはあり得ん世界に潜み、そこから悪意ある触手を普通の人に伸ばしてくるんやったら、こっちが向こうの土俵に入って、そこで斃《たお》すしかないやろう」

「祖母《ばあ》ちゃんが……」

「いいや、お――」

そのとき応接の長ソファから、ぶくぶく猫の姿が消えているのに、俊一郎は気づいた。

「あっ……」

とっさに奥へと通じる扉に目をやると、ちょうど僕の後ろについて、でふでふと歩くメタルの姿があった。

「あのバカ……」

きっと僕は、ぶくぶく猫を飼い主のところまで送る気なのだ。そんなことをされたら、謝礼の百万円がパァになる。

慌てて止めようとしたところへ、

「誰がアホやねん！」

電話の向こうで、怒る祖母の声が聞こえた。

「えっ？　いや、違うよ」

「違うも何も、たった今、あんたは祖母ちゃんに、アホ言うたやないか」

「そもそもアホじゃなくて、バカだし――」

「やっぱり言うたんやないか！」

「ち、違う……。そういうことじゃなくて――」

「お客さん、溜《た》まってる調査費、耳をそろえて払ってもらいましょか」

「だから、その費用が、こうしてる間にも、目の前から逃げて行くんだよ」

「……俊一郎、あんた頭は大丈夫か」

「あっ、バカ、行くんじゃない」

「また言うたな！」

バカと聞こえたところで怒り出しているため、そのあとの「行くんじゃない」という言葉が、祖母には届いていない。

「ここまで大きしてやった、大恩ある祖母ちゃんをつかまえて、ようもそんなこと――」

「そうじゃないんだよ」

電話口で言い合っているうちに、ぶくぶく猫は扉の向こうへと消えた。

「ああっ……」

思わず俊一郎が溜息《ためいき》をつくと、ひょいと僕が顔だけを出して、「行ってくるよ」とばかりに、にゃんと鳴いた。

この作品は角川ホラー文庫のために書き下ろされました。

六蠱《むこ》の軀《からだ》　死相学探偵《しそうがくたんてい》3

三津田信三《みつだしんぞう》

角川ホラー文庫　Hみ2-3　16202

平成22年3月25日　初版発行
平成25年1月30日　3版発行

発行者———井上伸一郎
発行所———株式会社角川書店
東京都千代田区富士見2-13-3
電話/編集(03)3238-8555
〒102-8078
発売元———株式会社角川グループパブリッシング
東京都千代田区富士見2-13-3
電話/営業(03)3238-8521
〒102-8177
http://www.kadokawa.co.jp
印刷所———暁印刷　製本所———BBC
装幀者———田島照久

落丁・乱丁本は、送料小社負担にて、お取り替えいたします。角川グループ読者係までご連絡ください。(古書店で購入したものについては、お取り替えできません)
電話 049-259-1100 (9:00〜17:00/土日、祝日、年末年始を除く)
〒354-0041　埼玉県入間郡三芳町藤久保550-1

ISBN978-4-04-390203-3 C0193

角川文庫発刊に際して

角川源義

　第二次世界大戦の敗北は、軍事力の敗北であった以上に、私たちの若い文化力の敗退であった。私たちの文化が戦争に対して如何に無力であり、単なるあだ花に過ぎなかったかを、私たちは身を以て体験し痛感した。西洋近代文化の摂取にとって、明治以後八十年の歳月は決して短かすぎたとは言えない。にもかかわらず、近代文化の伝統を確立し、自由な批判と柔軟な良識に富む文化層として自らを形成することに私たちは失敗して来た。そしてこれは、各層への文化の普及滲透を任務とする出版人の責任でもあった。
　一九四五年以来、私たちは再び振出しに戻り、第一歩から踏み出すことを余儀なくされた。これは大きな不幸ではあるが、反面、これまでの混沌・未熟・歪曲の中にあった我が国の文化に秩序と確たる基礎を齎らすためには絶好の機会でもある。角川書店は、このような祖国の文化的危機にあたり、微力をも顧みず再建の礎石たるべき抱負と決意とをもって出発したが、ここに創立以来の念願を果すべく角川文庫を発刊する。これまで刊行されたあらゆる全集叢書文庫類の長所と短所とを検討し、古今東西の不朽の典籍を、良心的編集のもとに、廉価に、そして書架にふさわしい美本として、多くのひとびとに提供しようとする。しかし私たちは徒らに百科全書的な知識のジレッタントを作ることを目的とせず、あくまで祖国の文化に秩序と再建への道を示し、この文庫を角川書店の栄ある事業として、今後永久に継続発展せしめ、学芸と教養との殿堂として大成せんことを期したい。多くの読書子の愛情ある忠言と支持とによって、この希望と抱負とを完遂せしめられんことを願う。

一九四九年五月三日